官能作家が旅に出たら

霧原一輝

双葉文庫

目次

官能作家が旅に出たら

第一章　湯治場の若女将

1

「これ、持っていきなさいよ。夜はまだ寒いんだから」

妻の郁子《いくこ》が、フード付きのウインドブレーカーを投げつけてきた。

空気を孕《はら》んで、ふわっと宙を浮く灰色の上着を、愛川亮介《あいかわりようすけ》はとっさにキャッチする。

運動神経の悪い四十五歳にしては、奇跡的ともいえるほど上手に取ったので、亮介も郁子もびっくりして、一瞬微妙な空気が流れた。

「じゃ……！」

亮介は気まずい雰囲気を断ち切るために簡潔な挨拶をして、くるりと踵《きびす》を返した。

「行ってらっしゃい」

「……ああ」

夫を追い出すときに、「行ってらっしゃい」はないだろう。

内心で妻を罵《ののし》りながらも、亮介は前を向いて、歩きはじめる。

つい先日、若い女性イラストレーターとの不倫が発覚して、大喧嘩になり、今日から亮介がしばらく家を空けるのだ。

いつものことだった。もう何度も繰り返している……。

浮気癖を直そうとしないのだから、どうしようもないのだが、亮介には確固たる信念がある。

官能作家はなるべく多く恋愛し、たくさんの女性を抱いたほうがいい。

読者が抱きたくなるような魅力的な女性を登場させるためには、実体験で知る必要がある。

それに、セックスだって千差万別。女によって全然違う。実際につきあって、抱かなければわからない。女性という存在はそれだけ謎めいたものだ。

経験不足は想像力で補《おぎな》えと言う者がいる。しかし、頭のなかで考えたセックスは所詮《しょせん》、血肉が通っていないサイボーグのまぐわいでしかない——。

郁子だって、もう十五年近く作家の女房だったわけだから、そんなことは先刻承知のはずだ。

だが、他の女を抱いた夫と同じ空間にいれば、腹が立つだろうし、また喧嘩にもなる。

そこで郁子が編み出したのが、ほとぼりが冷めるまで夫を追い出す、つまり別居するという方法だった。

問題が発覚するたびに、亮介は家を出ることになる。

近くに仕事場を借りるという方法も考えたが、それは妻が許してくれなかった。

『隠れる場所を作ったら、あなたは家に寄りつかなくなる。きっと女を引き込んで、関係が泥沼化してくる。それだけはよしてください』

郁子はそう言って反対した。

さすが、元編集者。なかなかの炯眼《けいがん》である。近所に仕事場を借りたら、郁子が予言したとおりになるだろう。

自分は追い出される身なのに、妻は「行ってらっしゃい」と亮介を見送る。

（もしかして、俺は女房の手のひらの上で転がされているのか？）

自分の卑小《ひしょう》さを痛感しながら、大通りに出たとき、事の重大さが一気に肩にのしかかってきた。

雑誌に掲載される五十枚の短編小説の締め切りが一週間後にせまっている。読み切り短編を六本連載して、文庫本として刊行してくれるという、大変ありがたい企画だ。

今どき、こんな美味しい仕事はほとんどない。絶対に成功させなければいけない。なのに、まだ一行も書いていないし、これという構想も思いつかない。

こんな大事なときに、家を追い出されるとは——。

泣きっ面に蜂とはこのことだ。

さすがに焦《あせ》った。いくら自分が撒《ま》いた種とはいえ、いや、それだからこそ、冷たい汗がじわっと噴き出してくる。

(とにかく落ち着くんだ。まずは、今後どうするかを考えよう)

亮介はバスの停留所の少し奥まったところにあるベンチに腰をおろす。

女性の家に転がり込むのが一番だが、今回の修羅場の原因であるイラストレーターのもとには、さすがに行けない。

他に思いつくのは、一昨年、旅先で知り合った小日向結衣《こひなたゆい》だが、まだわずかしかデートをしていない。それに彼女は二十八歳の静岡在住の高校教師だ。いくら独身だからといって、部屋に転がり込むのは無謀すぎる。だいたい、彼女が許してくれないだろう。

亮介はスマホを取り出して、自分の銀行口座を見る。残高が少ない。これでは都内のホテルに一週間泊まったら、あっという間に底をつくだろう。最近の都市部のホテルは高すぎる。

（どうする？　やはり、旅か……湯治場のように廉価《れんか》で長い間いられる宿があれば……）

湯治というワードで検索していると、後ろから香水の芳香《ほうこう》がふわっと匂った。ハッとして振り返ると、背後で、二階堂波瑠《にかいどうはる》が目を細めて、スマホを覗《のぞ》き込んでいた。

波瑠は最近、亮介が編集者との打ち合わせによく使っているスナック『春《はる》』のママだ。

ママにしては三十八歳と若いが、かつては高級クラブのホステスをしていて、接待が上手く、博学で、話していても飽きない。それに、シモネタもへっちゃらだ。

編集者の伊能和芳《いのうかずよし》などは波瑠ママと逢うのが愉《たの》しみで、打ち合わせでは必ずスナック『春』を使う。亮介も伊能以上に波瑠に興味津々《きょうみしんしん》で、彼女をモデルにした女を何度か小説に登場させている。

「こんなにリュックをパンパンにさせて、難しい顔で『湯治』を検索なさっているなんて……先生、どこかに行かれるんですか？」

波瑠は洋服姿も魅力的だった。ピッタピタのジーンズから浮き出るヒップに見とれながらも、亮介は言う。

「ええ、まあ……じつは、家を追い出されまして……」

「追い出されたと言いますと？」

波瑠が小首を傾げた。

真相を明かすのはかなり恥《は》ずかしいが、ここは包み隠さず話したほうがよさそうだ。

浮気をして、妻に家を追い出されたのだと告げると、「あら、まあ」と波瑠が口を手で押さえた。

波瑠は顔も広いし、どうにかして窮地を救ってくれるかもしれない。一縷《いちる》の望みを託して、相談した。

「お恥ずかしい話ですが、一週間後に締め切りがせまっているし、金銭的にも都内のホテルに泊まるだけの余裕がないんです。ママは顔も広いし、どこか安く泊まれる場所をご存じでしたら教えてください」

「お知り合いで泊めてくださる方はいないのですか？」

　ママがもっともな疑問を呈した。

「昔から、友だちが少なくて……」

　と、亮介は頭を掻く。

「どなたか、女性は？」

「ひとりいたんですが、彼女が今回の修羅場になった原因でして……」

「それでは、ダメね……困りましたね。あの……少し遠くなるんですが、福島県ではダメですか。福島の温泉旅館……」

「ぴったりです。ただ、宿賃が高いと……」

「ああ、それでさっき、湯治場をさがしていらしたんですね」

「はい！」

「福島の宿、湯治用の安い部屋もありますよ」

「最高です。考えうる最高の場所です。ぜひ、そこを教えていただけませんか。俺、行きます」

「よろしければ、わたしのほうから連絡しましょうか。たぶん、そのほうが話は早いと思います。じつは、わたしの実家なんですよ」

「はっ……？」

亮介はぽかんと口を開く。

「いやだ、先生。何て顔をなさるの」

波瑠は口に手の甲を当てて笑った。

「じ、実家って……ママは旅館の娘さんなんですか？」

「ゴメンなさい。あまり言わないことにしているんです。スナックのお客さまに旅館に押しかけられると、いろいろと面倒なんです」

おそらく過去にそういうことがあって、苦労したのだろう。

「その旅館は、わたしの兄が支配人をやっていて、奥さんが若女将《わかおかみ》をしているんですよ」

「波瑠さんが若女将をしたら、似合いそうですけどね」

「わたしも旅館業をできなくはないんです。ただ、兄が結婚して、奥さんが若女将をすると決まったので、わたしがいると、かえって邪魔かなと……」

「それで、上京したっていうわけですね」

「はい……まあ、いろいろとありましたけどね……それで、どうします、うちの旅館の湯治部屋、一部屋押さえますか？」

「はい、お願いします……できれば、今日から一週間くらい、お願いします」

「わかりました。電話しますね」

　波瑠がその場で、スマホを使って連絡してくれた。

かけている途中で、波瑠が指で丸を作って微笑《ほほえ》んだので、上手く取れたことはわかった。スマホを切って、波瑠が言った。

「今日を含めて、一週間、湯治部屋を取りました。明日以降は、自炊か、食事付きにするか決めるとして、今夜の夕食は付けてくれるように頼んであります。今からだと、旅館に到着するのが、ちょうど夕食時ですからね」

「ありがとうございます。何て、お礼を言ったらいいのか」

「大丈夫ですよ。これまでどおり、店にいらしてもらえれば」

　そう言って、波瑠は人懐《ひとなつ》っこい笑みを浮かべた。

　亮介のなかで、二階堂波瑠は最上級の女へとレベルアップした。そして、こうも思った。

　いつか、波瑠ママを抱きたい——。

2

五時間後、亮介は和室の六畳間で、お膳で出された夕飯を口に運んでいた。

湯治客用の夕食なだけに、豪華ではない。むしろ、質素というべきか。

だが、山の幸の天麩羅《てんぷら》がとにかく美味しい。えぐみと紙一重で、なおかつ甘いという独特の風味は、おそらく産地でしか味わえない。

どうせ今夜は仕事にならないと思い、特別に出してもらった地酒が、天麩羅や漬け物によく合う。

東京から電車に乗り、水戸で乗り換えて、宿の最寄り駅まで三時間。そこからバスに乗って三十分ほどで、ようやくY温泉郷にあるI旅館に到着した。福島といっても、茨城県に近いところだ。

旅館は、周囲を山々に囲まれた閑静な場所に建つ木造二階建てで、湯治棟と本館の一般棟に分かれている。今、亮介がいるのは、湯治棟にある部屋だ。

素泊まりで六千円、朝夕二食付きで九千円。しかも、一週間連泊すれば、宿泊料がお得になるというのだから、まさに、現在の亮介のためにあるような宿である。

あらためて、バス停で偶然に二階堂波瑠と出逢わせてくれた神様に感謝したくなった。

近くには滝が落ちる川が流れ、温泉郷といっても他に宿は一軒しかない。

山々に囲まれて、緑の景色しか見えない素朴な雰囲気の宿を、亮介はひと目で気に入った。

渓流のせせらぎを聞きながら、窓から見える暗闇に沈んだ緑の木々を眺めていると、ドアをノックする音とともに女性の声が聞こえた。

「若女将の初音《はつね》ですが……」

「ああ、はい……どうぞ」

亮介は嬉々《きき》として招き入れる。さきほどチェックインするときに、

「波瑠さんからうかがっております。作家の先生だから、失礼のないようにと言われていますので」

そう言って、にっこりした二階堂初音を見て、亮介の胸は高鳴った。

センスのいい小紋《こもん》を着て、髪をアップにした若女将は、想像していたよりずっと若く、しかも、かわいかった。

「失礼します」

初音が部屋に入り、近づいてきた。サービスでお盆に熱燗《あつかん》を載せてきている。隣に座って、「どうぞ」と酒を勧めてくる。

「ああ、ありがとう。こんなサービスまでしていただいて……すみませんね、いきなり来てしまって」

「いいんですよ。うちも湯治のお客さまが少なくて、悩みの種なんです。ですから、先生が一週間逗留《とうりゅう》していただけるのは、ほんとうにありがたいんです」

「そう言っていただけると、こちらも救われます」

ぐい呑《の》みにお酌《しゃく》を受け、亮介はぐっと呑み干して、

「初音さんも」

と、ぐい呑みを渡す。

「いいえ、わたしはまだ……支配人に怒られますから。ただでさえ、怒られっぱなしですので」

いい機会だから、亮介は疑問に思っていたことを、訊《き》いてみた。

「あの……波瑠ママは、お兄さんの健一《けんいち》さんが結婚して、その奥さまが若女将をすることになったので、自分は身を引いて東京に出たと……」

「ああ、それは、前の若女将のことです。じつは、その方とは離婚して、わたし

が後添《のちぞ》いに……」

「ああ、道理で、お若いと思いました」

「二十九歳です」

「やはりね。しかし、初音さんのようにきれいで、お若い方を後添いに迎えられたんだから、ご主人は幸せ者ですよ」

「いえ、わたしなんか、いろいろと出来が悪くて、いつも怒られてばかりで……結婚してちょうど一年になるんですが……」

表情を曇らせて言うので、初音は謙遜《けんそん》ではなく、実際に自分を責めているのだろう。

ぱっちりとした目で、目鼻立ちが適度にくっきりしており、これで二十九歳なのだから、おそらく身体のほうもちょうどいい具合に熟《う》れているだろう。

波瑠が、兄は自分より二歳上だと言っていた。

四十歳で、二十九歳の若い美人を迎えておいて、叱責する夫の気持ちがわからない。亮介なら猫かわいがりしてしまうだろう。

「でも、一杯くらいなら、わかりませんよ。どうぞ」

亮介が強引に勧めると、初音は「では、一杯だけ」とお酌を受けた。

ぐい呑みになみなみと注《つ》がれた地酒をぐいっと、一気に呑み干す。

「見事です。ついでだ。もう一杯いきましょうか」

亮介が注ぐと、

「ほんとうに、もうダメですから」

そう口では言いながらも、初音はあっという間に、二杯目を呑み干してしまった。

強く勧められると拒《こば》めないタチなのか、それとも酒好きなのか……。

しかし、これだけ豪快に酒を呷《あお》ってくれると、お酌したほうも気分がいい。

気持ちが急速に初音になびいていく。ほろ酔いで、口がかるくなった初音にいろいろと聞いてみた。

初音の父親がこの旅館の常連客で、離婚して荒《すさ》んでいくのを見ていられなくなり、娘の初音を嫁がせ、若女将として働かせたいと、健一に強く勧めたのだという。

初音も以前から、健一に好意を寄せていたこともあり、縁談はとんとん拍子に進んだらしい。

「一生懸命にやっているんです。でも、主人には物足りないらしくて。だから、わたし、どうしていいのかわからないんです」

そう言って、初音がうつむき、肩を震わせたとき、亮介の心のなかでスイッチが入った。

書く以外に才能がない亮介だが、この女はいつ攻めたらいいのか、というタイミングだけはなぜかわかる。女がまとう微妙な空気感の変化を見逃さないのだ。

「大丈夫。見たところ、初音さんはしっかり若女将をなさっていますよ。大丈夫です」

亮介は耳元で囁《ささや》き、肩を抱き寄せた。

それから、初音のすべすべの手を撫《な》でさすり、指をからませて、恋人つなぎをする。

すると、初音は抵抗するどころか、全身の力が抜けたように、亮介に凭《もた》れかかってきた。

女性のなかには男に力強く抱きしめられると、力が抜けて、結果、身をゆだねてしまう者がいる。見たところ、初音はそのタイプだ。

着物に包まれた上体を導くと、初音が胡座《あぐら》をかいている亮介の太腿《ふともも》に顔を乗せてきた。

幾何学《きかがく》模様の小紋越しに初音の息づかいを感じる。

股間のものが一気に力を漲《みなぎ》らせて、初音の髪が結《ゆ》われた後頭部に触れる。

それでも、初音は動かない。

袖の上から二の腕を撫でていると、初音が言った。

「お義姉さんから聞きました。先生は官能小説を書かれていると……ほんとうですか？」

「ええ、まあ……。そうですか、お義姉さんはそこまで……事実ですよ。いっも、波瑠ママの店で編集さんと打ち合わせをしているので、ママもそのへんはよくご存じなんです」

「官能小説って、あの、男女のあれを書くものですよね」

「そうですよ。男女の営み……つまり、セックスです」

「だったら、セックスにはお詳しいですよね」

「まあ……でも、どうしてそんなことを訊くんですか？」

亮介は疑問に思って、問うた。

「……じつは、先生に頼みたいことがあるんです」

「何ですか？」

「……あの……」

初音は言いにくそうに亮介のすね毛に指にからませていたが、何かを振り切るように顔をあげて、言った。

「……わたしに、セックスを教えてください」

「えっ……？」

亮介は唖然《あぜん》として、言葉が出ない。

「主人がつらく当たるのは、たぶん、わたしがセックスが下手で、満足できていないからなんです。主人も時々、そう洩《も》らしています。それに、わたし、これまでセックスでイッたことがないんです。ひとりではイケるんですけど、おチンチンではダメなんです。イカない女って、男にとっては音の出ないオルゴールみたいなものでしょ、違いますか？」

「ううん、それだけではないと思うけど、確かに、イッてくれたほうが、男はうれしいね」

「だから、教えてください」

「教えてくれって？」

「実際に、その……手取り足取りで……」

「待ってください」

亮介は初音を制した。

「ご主人にばれたら、大変なことになりますよ」

「そうでもないんです。主人、お前はセックスが下手で不感症だから、誰か他の男に抱かれて、開発されてこい、とまで言うんです」

初音が不安げに見あげてきた。

亮介は、ひょっとして健一には、『ネトラレ』の兆候があるのではないかと思った。

「ですから、セックスを教えてください。先生は締め切りを抱えていらっしゃるから、お忙しいとお聞きしています。そんなときに、わたしの相手をするのは、面倒ですか？」

初音は起きあがり、至近距離で顔を寄せてくる。

あっという間に酔いがまわって、目の縁が赤い。首すじも仄《ほの》かに桜色に染まっていて、色っぽい。

それでも、真剣な表情で訴えてくるので、初音は心底それを願っているのだろう。逢ったばかりなのにためらうことなく切り出したのは、よほど切羽《せっぱ》詰まっているのだ。

いきなりで少し戸惑ったが、ここは男として、また、官能作家としても受けるべきだろう。古い言葉だが、受けなければ男が廃《すた》る。

「いや、面倒ではありません。むしろ、果報者だと思っています。お引き受けしたいのはやまやまなんですが、ただ……セックスには詳しくても、それと実技とはまた違います。官能作家だから床上手《とこじょうず》かというと、必ずしもそうではありません。それに、相性があります。セックスではとくに、この相性が過半を占めるといっても過言ではないです。ですから……」

「きっと、相性はいいと思います。失礼ですが、先生にお逢いしたときから、ピンとくるものがありました。だからこうして、恥を承知で頼んでいるんです。お願いします」

初音が真摯《しんし》な眼差しで見つめながら、頭をさげた。

「わかりました。引き受けさせていただきます。ですが、くれぐれもご主人には内緒で……」

「承知いたしました……それでは、いつこの部屋に来ればいいですか。先生のご執筆の都合もあると思うので……」

「そうですね……」

亮介はとっさに頭のなかで計画を練る。どうせなら、早く抱きたい。そうすれば、今の小説の行き詰まりを打破できるヒントをもらえるかもしれない。いや、もう半分はもらっているが……。

「明日の夜はどうですか？」

「大丈夫です」

「何時ぐらいになりますか？」

「……申し訳ありません。仕事を終えて、主人が完全に就寝してからだと思うので、深夜の一時ぐらいかと……遅すぎますか？」

「いえ、大丈夫です。では、そのくらいを目処《めど》に、部屋で待っています」

「ありがとうございます。無理な頼みを聞いていただいて申し訳ございません」

初音が頭をさげた。アップされた髪からのぞく、楚々《そそ》としたうなじが色っぽかった。

今は横座りしていている。お洒落《しゃれ》な小紋の前身頃《まえみごろ》がはだけて、むっちりとした太腿とふくら脛《はぎ》がのぞいている。

視線に気づいたのか、初音が前を隠そうとする。

その羞恥心《しゅうちしん》から出た所作《しょさ》が、亮介をオスにさせた。突発的に悪戯《いたずら》を仕掛けるほうが、エロチックなこともある。

亮介は背後にまわって、初音を後ろから抱きしめた。そうしながら、右手を衿《えり》元《もと》からなかにすべり込ませる。白い長襦袢《ながじゅばん》の内側へと入り込んだ右手が、じかに柔らかなふくらみに触れて、

「あん……！」

初音が短く喘《あえ》いだ。

亮介の手を上から押さえ込んで、いやいやをするように首を振り、

「今はダメ……主人が待っているから、怪しまれます」

冷静な口調で言った。

「わかった。あと、三分だけだ。三分だけ……」

亮介はそう耳元で囁きながら、乳房を揉《も》みしだく。

柔らかくて、汗ばんだ乳肌がまとわりついてきて、想像以上に豊かなふくらみが揺れ動く。

指の腹で突起を捏《こ》ねると、乳首はそれとわかるほどに硬くしこってきて、

「うん、あっ……」

初音が声を洩らし、いけないとばかりに口を手のひらでふさいだ。

明らかにしこってきた乳首を右に左にこよりのように縒《よ》ると、

「ぁああ、ダメ……ダメっ……」

初音がか細い声で訴える。

「あと、一分だけ。膝《ひざ》を開いて、自分であそこを触ってごらん」

「……恥ずかしくて、できません」

「ひと皮剝《む》けたいんでしょ。今までどおりにしていては、変われませんよ。変わりたいのなら、言うことを聞いてください……自分で触るんです」

耳元で強く言うと、初音はおずおずと足を開きはじめた。

片膝を立てたので、小紋の裾《すそ》が割れて、白足袋《しろたび》に包まれた小さな足がひろがり、大きく割れた長襦袢の内側へと、右手が差し込まれる。

やがて、内側に潜り込ませた指でそこを触っているのか、下腹部の白い長襦袢が指の形に盛りあがって、波打ち、

「ぁああ……くうぅぅ」

と、喘ぎ声を洩らす。

「気持ちいいんだね？」

「はい……はい……」

「いいんだよ。もっと気持ち良くなって……」

亮介はそうけしかけて、背後から抱え込むようにし、左側の乳房を揉みしだき、硬くなっている乳首を捏ねる。

「オナニーでは、イクんだね」

「はい……」

「イキそう？」

「はい、イキそうです」

「いいよ、イッて……」

亮介が胸のふくらみを揉みしだき、硬い芯を連続して転がすと、

「ぁああ、イキます……いやぁあああああ……くっ！」

初音はのけぞって、がくん、がくんと震えた。

亮介は太腿の奥から、初音の手を引き抜いた。ほっそりとした長い中指には、透明な蜜がおびただしく付着して、濡れ光っていた。

「大丈夫。きみは不感症じゃない。むしろ、すごく感じやすい。心配ない」

蜜の付着した中指を舐《な》めると、

「いやんっ」

初音は恥ずかしそうに顔を伏せた。

3

翌日の深夜、亮介は浴衣《ゆかた》に半纏《はんてん》をはおり、座卓の前に胡座をかいて、ノートパソコンを開いていた。

すでに零時半をまわっている。そろそろ、初音が来る頃だ。

若女将は普段は本館にいて、この湯治棟にはほとんどやってこない。

亮介は自炊する時間が惜しいので、食事付きにしてもらっているが、なかには自炊をして、長期逗留する客がいるので、共同の炊事場もある。

ここは鎌倉時代に源泉が発見され、江戸時代には湯治に使われていたという歴史のある温泉郷で、その伝統がいまだに引き継がれているらしい。

二階建ての湯治棟は部屋数が十ほどあり、亮介は一階の角部屋を使わせてもらっている。真上の二階の部屋も隣室も空いている。

人の気配がしないほうが書けるだろうと、気を使ってくれたのだろう。

開かれたパソコンの画面には、数行文字が記されている。だが、そこでぴたりと止まっている。

書けないというより、敢《あ》えて書いていない。

なぜなら、亮介は初音との交わりを書こうとしているからだ。せっかくこれから生身の女体との情事が待っているというのに、今それを書いてしまうのは、いかにも惜しい。

（だけど、ほんとうに来るのか？）

初音が深夜の一時と指定してきたのは、夫の健一が眠ってから、旅館の敷地内にある夫婦の家からこっそりと抜け出すつもりだからだろう。

だが、健一が何かの加減で起きていたり、初音が抜け出そうとした際に目を覚ましたりするケースだってある。

そもそも、初音本人が罪悪感にとらわれてしまう可能性もある。

（とにかく来てくれ……頼む！）

そんな祈りが通じたのか、午前一時少し前に、廊下を歩く音が近づいてきた。あたりを憚《はばか》るような静かな足音だから、きっと初音に違いない。

期待感に胸躍らせていると、控えめのノックの音が響く。亮介はすぐに立ちあがり、ドアを開けた。

浴衣に半纏をはおった初音が立っていて、亮介の機嫌をうかがうような目を向けてくる。亮介は無言で初音を引き込んで、ドアを静かに閉めた。

「まだ、お仕事をしていらしたんですね」

初音が開いたパソコンを見る。

亮介はパソコンを閉めて、初音を抱きしめる。

「初音さんが待ち遠しくて、仕事にならなかったんです」

耳元で囁きながら、ぎゅっと抱き寄せた。しなりのある抱きやすい身体だった。

「主人がちっとも眠らないので、いらいらしていました。よかったです、眠ってくれて」

初音がじっと見あげてくる。

化粧を落として、スッピンだった。だが、ほんとうの美人は化粧を必要としない。むしろ、スッピンのほうが美しい。初音もそのうちのひとりだった。

「きれいだよ。男がそそられる顔をしているね。ほら、この唇なんか、絶対にこうしたくなる」

亮介が少し顔を傾けながら寄せると、初音も反対に顔を傾げて、目を瞑《つぶ》る。

カールした睫毛《まつげ》は長く、閉じられた目の中央でぴたりと合わさっている。ふっくらとした唇は柔らかく、ぷるるんとしていて、重ねているだけで、気持ちがいい。

上と下の唇にチュッ、チュッとついばむようなキスをする。

すると、初音は「ううん」と甘い鼻声を洩らしながら、キスに応え、両手で亮介を引き寄せる。密着感が増して、亮介の股間のものは一気に力を漲らせる。

それがすでに力強く勃起《ぼっき》しているのを知ってもらおうと、初音の手を取って、浴衣の内側へと導いた。

硬いものがブリーフを高々と持ちあげているのを知って、

「すごいです、もう……！」

初音はキスをやめて、無邪気《むじゃき》な声をあげる。

「ご主人はこんなにならないの？」

「ええ、あまり……」

「それじゃあ、お互いに困ってしまうよね」

「そうなんです……」

「そんなときは、どうしてるの？」

「手で触って……それから、あの……」

「どうするの？　聞かせて」

「……お口で」

小声で言う初音の頬《ほほ》が羞恥で赤く染まる。

「そうすれば、勃《た》つんだね？」

「はい……」

「それでいいと思うよ。問題ない」

亮介はもう一度キスをして、舌を差し込み、誘う。すると、初音はおずおずと舌をからめてくる。

確かに自信なげだ。しかし、舌自体はとろっとしていて。その絶妙な触感が下半身にまでひろがっていき、イチモツがさらに力を漲らせる。

すると、それを感じたのか、初音の長い指がブリーフ越しに、肉茎をさすりはじめた。

ぎこちないが、一途《いちず》なそなぞり方が、亮介を一気に昂《たかぶ》らせる。

足元には、一組の布団が敷いてある。

亮介は初音の半纏を脱がせ、足で掛け布団を移動させ、白いシーツの上に初音をそっと寝かせた。

自分も半纏を脱ぎ捨てて、初音の両手を万歳《ばんざい》させるように、シーツに押さえつける。

両腕を顔の横に押さえつけられて、初音が困った表情で見あげてきた。

その頼りなげで物悲しい風情《ふぜい》が、亮介をさらにかきたてる。

（はかなさも、純粋さもある。これで発情しない夫の気持ちがわからない）

亮介は上からその顔をじっと見て、もう一度キスをする。

ついばんでから貪《むさぼ》るようなキスへと移行していくと、初音はそれに応えて、舌をからめてくる。

稚拙《ちせつ》ながらも一生懸命なキスが亮介をかきたてる。

ほっそりとした首すじから胸元へと唇を押しつけ、喉《のど》の下をツーッと舐めあげていくと、

「ぁあん……」

初音は思わず声をあげてしまい、いけないとばかりに顔をそむけて、下唇をぎゅっと噛《か》んだ。

こんなに敏感な身体をしているのに、夫はどうして初音を不感症だというのだ

ろうか。何か理由があるに違いない。

だが、今は夫婦の事情は関係ない。初音に感じてほしいし、感じさせたい。

「脱がせるよ、いいね？」

念のために訊くと、初音は小さくうなずく。

「袖から、手を抜いてほしいんだ」

そう言って、衿元をひろげ、左右の袖を抜かせる。

もろ肌脱ぎになり、真っ白な乳房がこぼれでると、初音は両手を交差させて、双乳を隠した。

「大丈夫だよ。すごくきれいな胸をしている。隠す必要はひとつもない。できるよね？」

やさしく言うと、初音がうなずいた。

その手を外して、先ほどのように顔の横に押さえつけた。

無防備になった乳房は想像以上に豊かで、お椀を伏せたような形にせりだしている。乳首は淡いピンクで、乳肌も青い血管が透《す》け出るほどに薄く張りつめていた。

「ほんとうにきれいだ。こんなに透きとおるような乳首は見たことがない。きみはすごく恵まれている」

「……お世辞はいいです」

「事実だよ、お世辞じゃない。自信を持っていいと思う」

そう言って、亮介は乳房に顔を寄せる。

硬貨大の乳輪に添って、円を描くように舌でなぞると、

「うんっ……！」

初音はびくんとして、顔を撥《は》ねあげる。

粒立っている乳輪をじっくりと舐めていくうちに、初音は焦《じ》れったそうに胸をせりあげて、

「んっ……んっ……」

くぐもっているが、よく響く声を洩らす。

徐々に円周を狭めていって、舌がじかに乳首に触れた途端、

「あんっ……！」

初音が大きく顎《あご》をせりあげた。

薄いピンクにテカる突起は、すでに硬くしこっていて、唾液まみれの舌が表面をすべると、

「ぁあああ、先生、先生……ダメ、ダメ、ダメっ……はうぅぅ」

初音が身をよじり、顔をのけぞらせる。

両手を押さえつけられていて、ままならない。

その不自由さと拘束感のもどかしさが、快感を生むのだ。そのことに初音は気づいていない。

亮介は両腕をがっちりと上から押さえつけたまま、左右の乳首をじっくりと攻めた。上下左右に舌を這《は》わせ、時々、吸う。

「ぁあああっ……」

と、大きく喘ぎ、それに気づいた初音が、唇を強く嚙んで、激しく顔を左右に振る。

亮介はいっそうせりだしてきた乳首を舌でなぞり、転がし、吸った。

すると、初音はそのひとつひとつの愛撫《あいぶ》に反応して、身をよじり、膝を擦《こす》りつけ、下腹部をぐっ、ぐぐっとせりあげる。

「気持ちいいんだね？」

亮介は乳首に口を接したまま、訊く。

「はい、気持ちいい……気持ちいいんです。ぁあああうぅ」

初音は膝を擦り合わせながら、顔をのけぞらせる。

こうしてほしいのだろうと、右手で浴衣の前を割って、太腿のほうに忍び込ませた。すべすべの内腿を撫であげていくと、いやっとばかりに膝が閉じ合わされる。

「大丈夫。恥ずかしがらなくていい。初音さんが好きだ。俺はきみを全面的に受け入れる自信がある。だから、すべてをゆだねてほしい。絶対に、傷つけるようなことはしない。いいね？」

目を見て確かめると、初音はこくりとうなずいた。

右手で内腿をなぞりあげていく。湿った箇所があり、そこは、ぐにゃりとしていて、内側が熱く滾《たぎ》っている。

中指を反《そ》らせて、狭間《はざま》をさすると、

「んっ……！」

初音は甲高《かんだか》く呻《うめ》き、びくんっと震えた。

そして、足が自然にM字に開かれる。

それが初音の癖なのだろう、両足を開いたまま持ちあげ、左右の膝を曲げているので、浴衣がはだけて、仄白《ほのじろ》い太腿の裏側と漆黒《しっこく》の翳《かげ》りが見えてしまっている。

4

せっかくこの体勢を取ってくれているのだから、ここは指など使わずに、より効果的で、愛情が感じられる技法を取りたい。

亮介は下半身のほうにしゃがんで、膝裏をつかみ、閉じられないようにして、翳りの底に顔を寄せる。

三角に生えた濃い恥毛が流れ込むところに、ふっくらとした、唇を縦にしたような女の肉割れが、わずかに赤い粘膜をのぞかせていた。

全体にふっくらとして土手が高く、挿入《そうにゅう》したら内部がからみつきながら押し寄せてくる——見た目ではそんな名器に映る。

狭間に舌を這わせると、

「ぁああうぅぅ」

初音は身体の底から絞り出すような喘ぎ声をあげて、いけないとばかりに両手で口を押さえた。

M字開脚した足には浴衣がまとわりつき、もろ肌脱ぎで乳房はあらわになっている。下から見あげる双乳の谷間に、顎をのけぞらせた初音の顔が見える。

幾度も渓谷を舌でなぞりあげると、蜜の量が増した。

狭間を舐めあげていって、上方の肉芽《にくが》を舌でピンと弾《はじ》くと、

「ん、ぷっ……！」

手で押さえている口から、抑えきれない喘ぎが迸《ほとばし》る。

つづけざまに、クリトリスを舐めて吸う。だが、どうも一定以上は性感が高まらないようだ。

（こういうときは……）

包皮を剝いて、あらわになった本体をじかに舐めた。珊瑚色《さんごいろ》にテカっている本体を丁寧《ていねい》に舐め、吸う。吐き出して、また舌であやす。

それを根気よく繰り返していると、初音の気配が変わった。

必死に喘ぎ声を押し殺しながらも、舌の動きに合わせて、下腹部をせりあげてくる。

「気持ちいいんだね？」

舐めながら、訊いた。

「はい、気持ちいい……いつもと違う。全然、違うんです……ぁあああ、何か、

何か……」

「どうした？」

「奥のほうが、何か……」

「このへんかな？」

三角の恥毛地帯の少し上を押さえると、

「はい、そこです……ぁあああ、ジンジンします」

「ここに、届かせてほしいんだね」

「たぶん……」

「じゃあ、入れるよ」

「……はい」

初音がうなずいて、じっと亮介を見た。

亮介は猛《たけ》りたつものをあてがって、じっくりと沈ませていく。両手で膝裏をつかみ、押し広げながら、奥へと押し込んでいくと、

「ぁあああぅぅぅ……！」

初音が大きく顔をのけぞらせて、両手でシーツをつかんだ。

白い布を皺《しわ》が寄るほどまで鷲《わし》づかみにして、半開きにした口をわなわなさせて

いる。

「あっ、くぅぅ」

と、亮介も奥歯を食いしばる。そうしないと、たちまち射精してしまいそうだ。それほど、膣《ちつ》の締まりも蠕動《ぜんどう》も素晴らしい。

（俺には初音の肉体も感受性もほぼ完璧に見える。それなのに、なぜ夫は若い後妻に文句たらたらなのか、事実を意図的《いとてき》にひん曲げているのではないのか。だとしたら、どんな理由が……）

曖昧模糊《あいまいもこ》として、わからない。だが、今はとにかく、初音にきっちりとイッてほしい。極限の悦《よろこ》びを感じてほしい。

亮介は挿入して、すぐにはピストンをしない。およそ三十秒はじっとしている。その間に膣肉が男根の形や大きさに馴染《なじ》んでくる。そして、粘膜が勃起に隙間なく密着してくる。

奥まで挿入して、じっと動かさないでいると、粘膜がからみついてくる感触がわかる。そして、初音も焦《じ》れたのだろう、もう我慢できないとでもいうように、腰を微妙に揺らしはじめた。

焦れて、自分から欲しがっているのだ。これも、三十秒ルールのもたらす効果のひとつである。こうなったら、抜き差しをはじめる。

男根が肉襞《にくひだ》を押し広げながら、嵌《は》まり込んでいく。最奥まで差し込んで、引いてくると、カリが粘膜を擦りあげていき、

「ぁあああ……」

初音が喘ぎ声を長く響かせた。

待ちに待っていたものをもらえて、悦びの波が押し寄せているのだろう。

これが、女性に感じてもらえるコツだ。

焦らして、欲しいと自覚させ、その欲しいものをあげる。それだけで、快感は倍増する。

一度、スイッチが入ってしまえば、流れを断ち切るような不自然なことはしない。そうすれば、快感はクレッシェンドしていく。

上体を立てて、両膝の裏をつかんで、押し広げながら、少しずつピッチをあげた。

「ぁあああ、あんっ……あんっ……」

初音は右手を口に当てて、声を押し殺しながらも、愛らしい声をあげる。

打ち込むたびに、あらわな乳房がぶるん、ぶるるんと縦に揺れる。浴衣が腰に

まとわりつき、ハの字に開かれた太腿の白さが目に染みる。

ここは、精神的にもひとつになりたい。そのためには、肌と肌を重ね合わせることだ。

亮介は右手を肩からまわし込んで、抱き寄せる。肌を合わせてキスをすると、初音も唇を重ね、亮介を抱きしめる。

ごく自然に舌がからみあっていた。

亮介は唇を合わせながら、静かに腰をつかった。すると、初音は足を腰にからめてきた。浴衣の前をはだけて、亮介の腰に足を巻きつけながら、

「んんん……んんんっ……」

くぐもった声を洩らして、舌を一生懸命につかう。その一途さが、亮介の胸を打った。

亮介はキスをやめて、徐々に強いストロークに切り換えていく。

両肘を突いて、覆《おお》いかぶさるように、屹立《きつりつ》をえぐり込んでいく。

「気持ちいいかい？」

「はい……とても。ほんとうに気持ちいいんです」

初音の大きな目が潤《うる》んでいる。そのとろんとした目が悩ましい。

「もっと気持ち良くなってほしい。どうしたらもっと感じてくれるのかな」

「……その、あの、乳首を……」

「指でするのかい、それとも舌で？」

「へんかもしれないけど、吸われるとすごく……」

「全然へんじゃない。それでいいんだよ」

亮介は背中を曲げて、乳首にしゃぶりついた。美しいコーラルピンクに輝く突起をねろり、ねろりと舌で転がした。それから、吸う。徐々に吸引力を強めていくと、

「ぁあああうぅぅ……」

初音は背中を反らせるようにして、喘ぐ。

両手を頭上にあげて、腋《わき》の下をあらわにしながらも、心から感じているような声をあげる。

亮介はいったん吐き出して、打ち込んでいく。

「ぁあああ、いいの……あん、あんっ、あんっ……」

初音の洩らす喘ぎ声が弾んでいる。やはり、乳首を吸われると、性感が高まるようだ。

亮介はふたたび乳首を舐め、こんどは断続的に吸う。ちゅう、ちゅう、ちゅうと吸うと、

「あっ、あっ、あっ……」

初音も同じリズムで喘ぐ。

今度は、吸いながら打ち込んだ。

体勢としては難しいが、できない体位ではない。

いっそう硬くなった乳首を舐め転がし、吸う。それを繰り返しながら、ずりゅっ、ずりゅっと屹立を打ち込んでいく。すると、初音の様子が一気に変わった。

「ぁああぁあ、いいよぉ……いいのよぉ」

顔を大きくのけぞらせ、足をM字開脚して、怒張《どちょう》を深いところに導きながら、両手でシーツをつかんでいる。

(うん？　イクんじゃないか……)

ここは余分なことをせずに、乳首吸いとストロークに集中したい。

体勢のせいか、あまり深くは打ち込めない。だが、乳首吸いが効《き》いているのか、初音は着実に高まっているのがわかる。

つづけていると、初音が叫んだ。

「ぁあぁ、先生……奥に欲しい。奥にください。お願いです」

そういえば、さっきも陰毛の上の、子宮口あたりがジンジンすると、言っていた。

（ここは、確かポルチオがあるところだ。そうか……初音はポルチオが感じるのか……！）

亮介は乳首を吸いながら、ぐいっ、ぐいっと勃起を打ち据《す》える。切っ先が深いところに潜り込んでいって、子宮口に届いているのが感触でわかる。

体勢は非常に苦しい。だが、女性に天国に行ってもらうためには、男は多少の苦しさにも耐えなければいけない。セックスの頂点は男の射精ではない。女性が昇りつめるときだ。

「ぁあぁ、くっ……！」

奥を突くたびに、初音は顎を高々とせりあげ、後ろ手に枕をつかむ。

呼吸をするのを忘れたみたいにのけぞって、小刻《こきざ》みに震えている。

「イキそう？」

乳房に顔を接したまま訊くと、

「はい、はい……ぁあぁあ、奥が……」

初音がさしせまった様子で答える。

「いいよ、イッて……」

亮介は乳首を吸いながら、ぐいぐいと下半身を振って、イチモツを叩き込んでいく。ぐっと奥まで差し込んだところで、腰をまわして、亀頭部《きとうぶ》で子宮口を捏ねる。ポルチオは単純に突かれるよりも、圧力を加えたほうが感じる。だから、突きながら、捏ねる。

突いては捏ねるを繰り返していると、初音の身体がぶるぶると震えはじめた。痙攣《けいれん》はイクときの前兆である。

「ぁあああ、ああああぁ……！」

初音はすっきりした眉《まゆ》を八の字に折り、今にも泣きださんばかりに顔をゆがめている。

亮介は女が気を遣《や》る前に見せる、この泣き顔が好きだ。これを見たくて、セックスをしているようなものだ。

「ぁああ、イキます……イキます……イッていいですか？」

初音がさしせまった様子で、訊いてくる。

「いいよ、イッていいよ。好きなときにイッていいんだ。イキたいときに、イッていいんだよ」

そう言い聞かせて、亮介は徐々に打ち込みのピッチをあげていく。

たてつづけに打ち据えたとき、初音は両手で枕を後ろ手につかんで、のけぞって、

「……イクぅ……！」

ブリッジするように腰を浮かせた。

5

三十分後、亮介と初音は、貸切りの半露天風呂でお湯につかりながら、目の前の落ちる滝を眺めていた。

亮介の前には初音がいて、肩にお湯をかけながら、

「わたし、初めてイキました」

恥ずかしそうに亮介を振り返る。

「一度、イッたんだから、これからは何度だってイケるよ」

「そうでしょうか？」

「ああ、大丈夫」

そう言って、亮介は背後から初音を抱きしめた。

両脇から手を入れて、近い方の乳房をつかみ、柔らかく揉みながら、引き寄せる。

「ああん、もう……先生、エッチなんだから」

そう甘えた声を出しながら、初音が背中を凭せかけてくる。

「そうだよ、俺はスケベだし、女性が大好きだ」

「すごく自慢しているように聞こえるわ」

「自慢とは違うけど、スケベでよかったと思っているよ。そのお蔭で、エッチな小説を書いて、飯を食わせてもらっている。もし自分に淫《みだ》らなものを感じる力がなかったら、今頃、どこかで野垂れ死にしていたかもしれない。それまで、つづいた仕事もバイトもなかったから。決まった時間に起きて、通勤することが苦手だったんだ。今は、好きなものを書いて食っていけているんだから、ほんとうにラッキーだったと思っている」

「先生、実際のエッチも上手かったわ。わたし、初めてイッたの。ほんとうよ」

初音のきらきらした瞳が、それが事実であることを伝えてくる。

「よかったよ。肩の荷がおりた……そうだ。頼みがあるんだ……今度の小説に、きみをモデルにしたヒロインを登場させたい。もちろん、きみがモデルだとはわからないように設定は変えるから、安心して」

「でも、わたしなんかで、いいんですか？」

「きみじゃないと、ダメなんだ。いいかな？」

「わたしでよければ……でも、どんなふうに書かれるか心配だわ」

「大丈夫。官能小説のヒロインは読者が抱きたいと思うような女でないといけない。だから自然に魅力的になる。いやな面は書かない。つまり、いいとこどりだ」

「それだったら、いいかも……できたら、送ってくださいね」

「ああ、掲載された雑誌を寄贈するよ」

会話を中断して、温泉で温められた乳房を揉みしだき、乳首を捏ねた。すると、乳首の感度がいい初音は、

「ぁああん……ダメっ……また、したくなっちゃう。だって、さっきから先生のおチンチンが当たっているんですもの」

そう言って、初音が後ろに手をまわし、お湯のなかでいきりたつものを握った。

おずおずとしごいていたが、やがて、振り向いた。

「さっき、先生、出していなかったでしょ。小説にするならなおのこと、出してほしいんです……そこに座ってください」

言われるままに、亮介は木製の浴槽の縁《へり》に座る。

すると、その前に初音がしゃがんで、雄々《おお》しくそそりたっている肉柱を握りしめた。

「すごく左に曲がっているんですね」

「ああ、そうだ。こいつのことを左曲がりのダンディと呼んでいるんだ」

「ふふっ……」

初音はちらりと上目《うわめ》づかいに亮介を見あげ、顔を寄せてくる。

茜色《あかねいろ》にてらつく亀頭部にチュッ、チュッと接吻し、そのまま裏すじに舌を走らせる。

夫のイチモツの勃ちが悪くて、口ですると元気になると言っていたから、フェラチオには慣れているのだろう。

男の感じる箇所をツーッと舐めあげながら、上目づかいに見あげてくる。

視線が合うと、恥ずかしそうに目を伏せ、そのまま上から頬張《ほおば》ってきた。

血管の浮き出た左曲がりの肉柱に唇をかぶせ、手を離して口だけで咥《くわ》え込んでくる。

一気に根元まで呑み込み、ぐふっと噎《む》せた。

だが、肉棹《にくざお》を吐き出さずに、もっとできるとばかりに、さらに根元まで頬張った。唇が陰毛に接するまで咥え込んで、噎せそうになるのを必死にこらえている。

その一途さが、亮介の胸を打った。

初音がゆっくりと顔を振りはじめた。

柔らかな唇をOの字にひろげ、先端から根元、そして根元から先端まで唇をすべらせる。

深く頬張ると、結われた髪の襟足《えりあし》が見える。その渦を巻いた後れ毛が、とても悩ましい。

手は使わずに、口だけで肉柱を懸命に追い込もうとする。

その一生懸命さが、亮介に先を急がせた。

「ありがとう。すごく気持ち良かった。ここにつかまって、お尻を突き出してごらん」

指示をする。

初音は素直にしたがって、肉棹を吐き出し、落下する滝を見る形で湯船の縁につかまった。

色白の肌が全体に桜色に染まり、透明なお湯が柔肌《やわはだ》を伝っている。そして、発達した臀部《でんぶ》の底では、ひじきのようなまとまった陰毛から、水が滴《したた》っている。

その源泉に、先端を擦りつけながら、押し当てた。

適度にくびれた腰を両手で引き寄せながら、勃起を突き出すと、濡れた膣を亀頭部が押し開いていく確かな感触があって、

「はうぅぅ……！」

初音がのけぞった。

お湯につかっていたせいか、内部は溶かした水飴のようにとろとろで、それでいて、しっかりと肉棹をホールドしてくる。

やっぱり、初音のオマ×コは具合がいい。この肉体に文句を言う亭主の気持ちがまるでわからない。

初音は乳首が感じる。

ほんとうは、吸いたいところだが、この体位ではできない。その代わりに、乳

首を捏ねる。

たわわなふくらみを揉みしだき、しこっている突起を指の腹で転がし、タップするようにかるく叩き、つまんでキューッと引っ張る。

それをつづけながら、後ろから打ち込んでいく。

「あんっ……あんん……あんっ」

初音は喘ぎながらも、必死に声を押し殺そうとしている。

その喘ぎが、落下する滝の水音でかき消される。

「ねえ、先生、出して……わたしはいいですから、ご自分だけを考えてください。安全な日だから、大丈夫です。ねえ、出して……先生の精液が欲しい。なかに欲しい。ください……あんっ、あんっ、あんっ」

初音が喘ぎをスタッカートさせたとき、亮介も追い詰められた。ここは、初音のためにも放出したい。

高さ十五メートル、幅が三メートルばかりの滝が水しぶきを立てて、滝壺に落下するところを見ながら、猛烈に叩きつけた。

「あんっ、あんっ、あんっ……ぁあああ、イキそう……わたし、またイク……信じられない……あんっ、あんっ、あんっ……！」

初音の喘ぎが滝の水音に紛《まぎ》れていくのを聞きながら、つづけざまに叩きつけたとき、

「……イキますぅ！」

初音が昇りつめるのとほぼ同時に、亮介も男液をしぶかせていた。

第二章　未亡人ママと孔雀セックス

1

翌日、愛川亮介は旅館の食事処で朝食を摂《と》った。

若女将《わかおかみ》の二階堂初音と視線が合って、二人にしかわからない笑みを浮かべる。

昨夜の情事がよみがえってきて、下腹部が熱くなった。

（初音はどうなのだろう。昨夜の悦《よろこ》びを思い出してくれただろうか……）

食事処に来る際、夫である健一と偶然逢ったが、愛想がよかったから、昨夜の秘密の情事はばれていないのだろう。

ほっとしたこともあり、また昨晩の睡眠不足もあって、食事後にしばらく眠った。起きて、風呂に入る。このへんには観光地がないから、旅館周辺を散策するか宿でゆっくりするしかないのだ。

旅館の前を流れる谷川を眺めながら、美肌の湯でもある単純アルカリ泉につかっていると、不意に小説を書きたくなった。

もちろん、意欲だけで書けるものではない。頭のなかで熟成が進み、ぼんやりした案が具体的なものに結実してきて、ようやく書こう、書けるというプロセスに進むことができる。

五十枚の小説を書きはじめる。連作短編の連載としては一回目になる。

書き出しは、若女将と老いた茶道の師匠《ししょう》が、流れ落ちる滝を見ながら露天風呂に入っているシーンである。

昨夜体験したばかりだから、すらすら書ける。

初音をモデルにしたヒロインの春香《はるか》が、茶道の師匠のままならない肉茎を頬張《ほおば》って、勃《た》たせる。そして、師匠は嬉々《きき》として、滝を眺めながら、二十六歳のまだ新婚の若女将に後ろから、挿入《そうにゅう》する。

だが、師匠は七十六歳だから、なかなか射精しない。

春香は湯船の縁《へり》に足を乗せて、開き、老人に肉割れを舐《な》めさせる。師匠はクンニしながら、肉棹《にくざお》を握りしごく。

さらに、春香はみずから指を恥肉に入れて、大胆に抜き差ししながら、乳房を揉《も》みしだく。すべて、師匠に昂奮してもらうためだ。流れ落ちる滝を背景に、春香が昇りつめるさまを見て、師匠も何年ぶりかに白濁液を飛ばす——。

そこで、一章を終える。

ここでは、まだ二人の関係を明かさない。その後、謎解きをするように、二人の関係が明らかになる。

一章を書き終えて、亮介はパソコンを閉じ、仰向《あおむ》けに寝転ぶ。

目を閉じると、昨晩の初音の裸体が脳裏に浮かんできた。

(今夜は来てくれるんだろうか?)

あれから、ＬＩＮＥの交換をした。もちろん、ここにもＷｉ－Ｆｉの電波は飛んでいる。

初音からまだ連絡はない。ここは、自分からメールを送っておきたい。

『今日の仕事は終わりました。お逢いできたら、うれしいです』

しばらくして、メールが返ってきた。

『今夜は午前零時頃にお部屋にうかがいます。仕事をしていても、昨夜のことを思い出してしまって、何もかも手に付きません』

と、記してあった。

『手に付きません』という文面に昂奮し、亮介は急いで、『お待ちしております』とメールした。

初音が一時間早めてきたのは、いい傾向だ。あまり頻繁に逢っては、夫に気づかれるのではないかという危惧《きぐ》はあった。しかし、そこは初音を信用するしかない。それに、初音は、昨夜のことを思い出して、仕事にならないほどに昂《たかぶ》っているのだ。

亮介は意気揚々《いきようよう》と旅館の外に出て、吊《つ》り橋を渡り、新緑のなかを歩いた。鳥たちの囀《さえず》りが聞こえる。空は青く、いわし雲が箒《ほうき》で掃《は》かれたように掠《かす》れて、ひろく散っている。

ふたたび同じ吊り橋を渡って、旅館に戻った。

逢瀬《おうせ》まではたっぷり時間がある。

さっきの小説のつづきを書きはじめ、二時間ほどしてやめた。

ふたたび温泉に入ってのんびりした。風呂から出て、うつらうつらしていると、夕飯の時間になり、部屋まで運ばれてきたお膳に載った夕食を平らげる。

残念ながら、部屋にはテレビがない。パソコンでＹｏｕＴｕｂｅを見て、時間をつぶした。それからまた温泉につかった。

締め切りを抱えてはいるが、この低予算で一日中温泉に自由に入れて、自炊をする必要もない。ある意味、天国だった。

小説の方向性が出たことで、ストレスがなくなり、全身にエネルギーが満ちている。

今晩は昨夜よりも、たっぷりと初音を抱けそうな気がする。

午前零時になって、足音が近づいてきた。気のせいか、二人いるような気がする。

(まさか、ご主人が……?)

不安に駆られたとき、ドアをノックする音がして、開けると、初音が立っていた。ひとりだ。どうやら、足音は気のせいだったようだ。

浴衣《ゆかた》に半纏《はんてん》をはおった初音が入ってきた。だが、おかしい。目を伏せていて昨夜と明らかに様子が違う。

初音が玄関を入ったところで、耳元で囁《ささや》いた。

「主人が隣に来ています。すみません。全部、ばれてしまいました……でも、健一さんは怒っていません。昨夜のように抱かれろというのです」

「えっ……?」

「ですから、隣に主人がいることは、知らないフリを押し通してください」

「どうして、ご主人は？」

「覗《のぞ》きたいのだと言っていました。わたしが他の男に抱かれるところを見たいのだと……」

初音が小声で言った。

（そうか、やはり、ご主人はネトラレ願望があるんだな……そう考えれば、すべての筋が通る）

それなら、彼の期待に応えるしかない。

「わかった。じゃあ、知らないフリをして、きみを抱けばいいんだね？」

初音がうなずいて、言った。

「ふさがれた欄間《らんま》に小さな穴が空いているそうです」

部屋の中央に連れていくと、初音がちらりと欄間を見た。

もともとはひとつの部屋だったのだろう、欄間が木製の板でふさがれている。よく見ると、欄間の端のほうに、小さな黒い穴が空いているようにも見える。そこから覗くとなると、椅子を踏み台にして、見ているのだろう。

あまりじっと見ては、気づかれる。

視線を戻して、初音の半纏を脱がせ、浴衣姿をそっと布団に倒した。

白いシーツに身を横たえた初音は片膝《かたひざ》を曲げて、内側によじっている。キスをしながら、健一によく見えるようにと、右手をおろしていき、浴衣の裾《すそ》をまくりあげた。

「あっ……！」

初音が裾をおろそうとする。その手を力ずくで外して、折り重なった内腿に右手をすべり込ませる。

「あんっ……！」

びくんっとして、初音は右に左に首を振る。やはり、隣室から夫が見ているとなると、羞恥心《しゅうちしん》や罪悪感のようなものが噴き出してくるのだろう。

柔らかな繊毛《せんもう》の流れ込むあたりに、湿った柔肉《やわにく》が息づいていて、亮介はそこにぴたりと手のひらを当てた。静かになぞりながら、キスをつづける。

こうすれば、隣室から覗いている健一にも、若妻の局部を亮介の手が愛撫しているさまが、よく見えるはずだ。

初音は愛《いと》おしい存在だが、ネトラレ願望があるとわかった夫に協力したい。本来なら、不倫がばれれば激怒されて、追い出される。だが、健一はむしろ、自分の妻に亮介に抱かれろと言うのだから、これほどありがたいことはない。

官能小説は、ネトラレをテーマにすると嫌う読者が多く、手を出すのは危険な分野だと言われている。

しかし、亮介は現実には、ネトラレ物に興味津々《きょうみしんしん》の男性が意外と多く存在することに気づいているし、何より亮介にも、自分のパートナーが他の男に抱かれて、身悶《みもだ》えするところを見たいという欲望があるのだ。

二階堂健一が、愛する女が他の男に抱かれて欲情したとしても、決して異常ではない。

嫉妬、独占欲、競争心などの極めて人間的な感情の発露なのだ。そして、彼がいちばん見たいのは、初音が感じて悶える姿だ。自分がするよりもはるかに性感を昂らせて、昇りつめていく、愛する女の痴態《ちたい》を見たいのだ。

男は嫉妬とともに、愛する女がいかに貪欲《どんよく》であったか、そして淫《みだ》らであったかを思い知らされ、そこに倒錯した快感を覚える。

亮介は舌をからめながら、翳《かげ》りの底を中指で叩くように愛撫する。

同じリズムでノックするように狭間《はざま》を叩くと、潤《うる》んできた粘膜が指の腹に吸いついて、ぴたぴたといやらしい音がして、

「んんっ……んんん」

初音はくぐもった声をこぼしながら、足を開いていく。

昨日も感じてくると、膝を曲げて、開いた。昨夜と同じように、みずからM字開脚する。

「このままだよ。いいね？」

言い聞かせておいて、亮介は浴衣の半幅帯《はんはばおび》を解いて、抜き取っていく。

浴衣の前がはだけて、乳房や翳りがあらわになった。乳房の品評会に出したいような、見事に丸々と実ったふくらみである。

亮介は乳房にしゃぶりついて、乳首を吸った。

「ぁあああぅ……！」

初音がひときわ大きく喘《あえ》いで、顎《あご》をせりあげる。

「初音は乳首を吸われると、訳がわからなくなる。そうだね？」

乳首に唇を接したまま、確かめる。健一に、その事実を知っておいてほしかったからだ。

「はい……そうです。今も……ぁあ、吸って……もっと、吸ってください」

初音が必死にせがんでくる。

亮介は乳房を揉みしだき、片方の乳首に舌を這《は》わせる。唾液《だえき》でまぶしてから、

強く吸う。チューッと吸い込むと、

「ぁあああああ……！」

初音はのけぞりながら、甲高《かんだか》い声を放った。

「入れて……お指をちょうだい！」

もどかしそうに腰をせりあげる。

M字開脚して、あらわになった肉の割れ目に、亮介は中指を押し込んでいく。どろどろに蕩《とろ》けた肉路に中指がすべり込んでいって、

「はうぅ……！」

初音はのけぞりながら、両手で膝を抱えた。

昨晩よりもずっと感度がいい。やはり、昨夜初めてイッたことで、性感帯が目覚めたのだろうか。それとも、自分の痴態を、愛する夫に覗かれているからだろうか――。

熱く滾る粘膜を中指で押しあげながら、ストロークをする。

そうしながら、乳首を吸う。長く、強く吸うと、乳首が口に入り込み、その吸引される感覚が、初音の性感を高めるのだ。

バキュームフェラと同じで、性感帯は吸われると気持ちいいものだ。初音の場

合は、おそらくクリトリスも吸われると快感が増すに違いない。

亮介が左右の乳首を舐めしゃぶり、吸うと、初音の下腹部がぐぐっ、ぐぐっとせりあがって、中指をさらに奥へ招き入れようとする。

「初音は、この奥が感じるんだったね。ここかな、ここかい？」

亮介は中指を目一杯に押し込んで、指先を子宮口に届かせる。押しながら捏《こ》ねる。そして、乳首を吸った。

「ぁあああ、そこです……ぁあああ、そこ、そこ、そこ……はうぅ！」

羞恥の声を洩《も》らしながら、初音は腰を振りあげて、中指の先を奥へ導こうとする。

「指じゃ、物足りないだろう」

訊《き》くと、初音は恥《は》ずかしそうにうなずいた。

「じゃあ、その前に、これを口でしてもらおうかな」

亮介は裸になって、壁に頭を近づける形で、仰向けに寝る。

すると、初音も一糸《いっし》まとわぬ姿になって、足の間にしゃがんだ。

欄間から覗いているだろう夫と、向かい合う格好だから、健一にも妻が他の男の男根をしゃぶるところがもろに見えるはずだ。

初音も当然、夫の視線を意識するだろう。亮介はそう思って、意識的に頭の位置を変えている。

初音は猛《たけ》りたっているものを握り、亀頭部《きとうぶ》に吸いつくようなキスを浴びせてきた。それから、亀頭冠《きとうかん》の真裏を舐めながら、ちらりと上を見た。

おそらく、夫を意識したのだ。

しかし、欄間の小さな覗き穴は発見できなかったようで、初音はすぐに顔を伏せて、裏すじをツーッ、ツーッと舐めあげてくる。

さっきまであった羞恥心はもう感じられない。気持ちを切り換えてしまったのだろうか、一心不乱に裏すじに舌を走らせる。

亀頭冠の真裏をちろちろと舌を横揺れさせて攻めながら、片方の手で睾丸《こうがん》をあやしてくる。

やはり、フェラチオは上手い。

健一に仕込まれたせいもあるようだが、初音は男に尽くすことで、自分も悦びを得られるタイプなのだろう。

包皮小帯をたっぷりと刺激してから、上から頬張ってきた。

シーツに這うようにして、ゆっくりと顔を上下させ、いきりたちに唇をすべら

せる。指マンされて、気持ちが急《せ》いているのか、急激にストロークのピッチがあがり、

「んっ、んっ、んっ……！」

くぐもった声を洩らしながら、唇と舌を肉柱にたっぷりとからませ、強い刺激を与える。

いったん吐き出して、唾液まみれの肉柱を握った。忙しくしごきながら、亮介に何か訴えるような、とろんとした視線を向けてくる。

「もう、入れてほしくなったね？」

訊くと、

「はい……欲しい」

初音が哀切《あいせつ》な目を向けてくる。

「何を欲しいの？」

「……おチンチン」

「誰の？」

初音はちらりと欄間の方を見て、ぎゅっと唇を嚙《か》んだ。

「言わないと、してあげないよ。誰のおチンチンが欲しいの？」

「……先生の。亮介さんのおチンチンです」

初音はそう言って、庇護《ひご》を求めるような目で亮介を見た。

「よく言った。偉いぞ……悪いけど、上になってくれ」

「……わたし、上手くないですよ」

「いいんだ」

初音はちらりと上を向いてから、またがってきた。

この体位なら、健一は自分の若妻が腰を振る姿を、ほぼ正面から見られるはずだ。

初音は向かい合う形で亮介の下半身をまたぎ、片膝を突いて、猛りたつものを翳りの底の濡れ溝に擦《こす》りつけて、

「んんんっ……ぁあああ……」

屹立《きつりつ》に指を添えたまま、もう片方の膝をおろして、そのまま沈み込んできた。

ギンとしたいきりたちが翳りの底に沈み込んでいって、

「はうぅぅ……！」

顔が撥《は》ねあがる。

両膝をぺたんとシーツに突いて、上体をほぼ垂直に立てていた。しばらく、そ

の感触を味わっているようだったが、亮介が腰をかるく動かして誘うと、おずおずと腰を振りはじめた。

前後に腰を揺すって、そそりたつものを粘膜に擦りつけ、

「ぁああ……ぁあああぅ」

抑えきれない声を洩らす。

「気持ちいいんだね？」

「はい……奥が、すごく……ぁあああぁ、あんっ、あんっ……！」

初音はがくん、がくんと下半身を痙攣《けいれん》させた。おそらく、切っ先が子宮口に触れて、快感が走るのだ。

初音は後ろにのけぞるようにして、両手を後ろに突いた。足を大きくM字開脚した姿勢で、くいっ、くいっと腰をシャープに打ち振る。

「あんっ……あんっ……」

顎をせりあげながら、愛らしく喘ぐ。

今、隣室から覗いている夫には、初音の顔が快感でゆがんでいくさまや、貪欲な腰振りもすべて見えるはずだ。

亮介にも、三角形の密生した翳りの底に、自分の勃起《ぼっき》がずぶり、ずぶりと嵌《は》ま

っていくさまがまともに見える。

小さめだが、土手高の花肉を無理やり押し広げるようにして、肉柱が嵌まり込んでいく。その様子が男の支配欲を満たしてくれる。

初音が上体を立てて、前に屈んだ。

胸板に手を突きながら、尻を振りあげて、真上から打ちおろしてくる。勢いよく打ちつけて、

「あんっ……」

短く喘いだ。

「奥に当たって、気持ちいいだろう」

「はい……おかしくなる。わたし、おかしい……」

そう喘ぐように言って、つづけざまに尻を打ち据《す》えてきた。前屈みになりながらも、激しく尻を叩きつけては、

「あんっ……あんっ……ぁあああ、先生、お乳を吸って……吸ってよぉ」

さしせまった様子で訴えてくる。

だが、この体勢では乳首を吸うのは難しい。

亮介は初音の下に潜り込むようにして、強引に乳首にしゃぶりついた。カチカ

チの突起に舌を走らせ、れろれろと弾《はじ》いた。

「ぁああ、ああぁ、気持ちいい……」

初音は声をあげながら、器用に腰を振って、屹立に膣《ちつ》を擦りつけてくる。

（今だ……！）

亮介は乳首を吸った。チューッと吸い込みながら、腰を振りあげるようにして、肉柱を体内に潜り込ませる。

斜め上方に向かって膣を擦りあげた切っ先が奥を突いて、乳首と膣の相乗作用で初音は高まり、

「ぁあああ、気持ちいい……気持ちいいよぉ……ぁあああ、突いて、吸って……わたしをメチャクチャにしてぇ……」

今にも泣きださんばかりに、訴えてくる。

亮介はその期待に応えようと、胸の内側に潜り込んで乳首を吸い、腰を浮かせて膣をつづけざまに擦りあげる。

「あんっ、あんっ、あんっ……イッちゃう。先生、わたし、イキます」

初音が顔をのけぞらせる。

「いいよ、イッて……そうら、イキなさい。イクんだ！」

「ぁあああああ、イク。イッちゃう……いやぁあああああぁぁぁぁぁぁ！」

初音が明らかに隣室にも聞こえるほどの嬌声《きようせい》を噴きあげて、ぐーんとのけぞり返った。

気を遣《や》ったのだ。女性は一度イクことを覚えれば、同じ手筈《てはず》を踏めば、スムーズにオルガスムスに昇りつめる。

いかにしてイクのか、まずその壁を打ち破ることがいちばん難しいのだ。

絶頂の波が通りすぎるのを待って、亮介は初音から離れた。初音はぐったりと横臥《おうが》している。

（さて、これからどうするか？）

ちらりと欄間を見たとき、スマホの着信音が響いた。

自分のスマホではない。

初音が緩慢な動作で起きあがって、自分のスマホをつかんで応答した。

「……はい、はい、わかりました」

初音がスマホを切った。

「誰から？」

「主人です……あの、今から、自分たちの家に帰って来いと……猛烈にお前を抱きたいって……もう、隣にはいないそうです。家に向かっています」

「よかった。上手くいったじゃないか……いいよ、帰ってあげなさい」

「いいんですか？」

「もちろん。きっと、彼は今、燃えている。早く帰ってあげなさい。イカせてくれると思うよ。行きなさい！」

強くうながすと、初音はうなずいて、急いで浴衣を着はじめた。

2

旅館に来て六日目、昼過ぎになって、二階堂波瑠が現れた。

スナック『春』が定休日で、なおかつ、明日は亮介が旅館を発《た》つ日なので、帰郷ついでに様子を見に来たらしい。一晩泊まって、明日は亮介と一緒に帰ると言う。

亮介の顔を見るなり、

「小説のほうはいかがですか。書き上げましたか？」

波瑠が訊いてきた。相変わらずの艶《あで》やかな着物姿で、その色気にあてられながらも、

「はい、お蔭さまで昨日、書き終えました」

亮介はにこにこして答える。

三日目にあの事件が起こって、亮介も驚きはしたが、その前に、健一の発言を聞かされていたので、もしかしてとも思っていた。ある意味では、想定内のネトラレ劇だった。翌日、初音にこう言われた。

『昨夜はあれから、主人、すごかったんですよ。あんなに燃えた健一さんは初めてでした。主人は、先生に逢ったら、お礼を言ってくれって……』

だから、小説の展開も変えた。

じつは、あの若女将が華道の師匠に抱かれたのは、旅館の主人であり夫でもある男に言われて誘惑したのであって、最初はそのことを師匠も知らなかった。やがて、師匠もそれを知ることになるのだが、時すでに遅しで、主人に覗かれながらの情事に悦びを見いだすようになり、ついには、逆転して、若女将夫婦の夜の営みを盗み見て、みずから昇りつめていく――。

そういう話にした。

もともと亮介もネトラレの資質を持っていたので、スラスラと文字の打ち込みは進んだ。

残念ながら、初音とは、あれからセックスをしていない。健一が、亮介と初音がそれ以上深い関係になるのを恐れて、逢うのを許してくれなかったのだ。

だが、情事を禁じられたことによって、仕事に集中できたとも言える。

「よかったわ。それなら、暇ですよね？」

そう言って、波瑠が流し目を送ってきた。

「ええ、暇です」

「このへんを案内したいから、散歩でもしましょうか」

「ああ、いいですね。ぜひ、お願いします」

話はとんとん拍子に進んで、亮介は波瑠と散歩に出た。

波瑠は洒落《しゃれ》たストライプの着物を艶やかに着こなしている。前を歩く波瑠の結《ゆ》い上げられた髪からのぞくうなじに、視線が吸いよせられてしまう。

着物に包まれた尻も肉感的で、歩を進めるたびに微妙に揺れる。着物の裾からのぞく白足袋《しろたび》に包まれた小さな足と草履《ぞうり》が、しゃなり、しゃなりと交互に前に進む。

吊り橋から、崖を流れ落ちる滝を見て、しばらく山道を歩いた。徐々に緑が深くなり、曲がりくねった山道を歩きながら、波瑠が言った。

「兄が感謝していましたよ」

「えっ、俺にですか？」

波瑠はうなずいて、

「初音さんのことです……先生のお蔭で、夫婦仲が復活したと言っていたわ……。わたしを呼んだのも兄なのよ。先生が可哀相だから、時間があるときに来て、慰めてあげてくれって」

「ああ、なるほどね。それで、ママが急にいらしたんですね」

「ふふっ、そう……へんな兄さんよね。普通、こんなプライベートなこと妹に話さないでしょ。でも、昔からそうなのよ。じつは、前の奥さんに逃げられたのも、あれが原因なの」

「あれ、ですね」

「ええ、あれ……」

「でも、初音さんはそれを受け入れた。だから、今回は離婚しなくてもやっていけると？」

「そういうこと……先生のお蔭よ。ありがとうございました」

波瑠は立ち止まって、深々と頭をさげる。

「先生、いらして……お礼しなくちゃね」

頭をあげて言い、亮介の手を引いて、さらに深い林に入っていく。すると、その一角に小さな掘っ建て小屋があった。

「昔は山小屋だったけど、今はもう使われていないのよ。大丈夫、誰も来ないから」

そう言って、波瑠はドアの閂《かんぬき》を外して、なかに入る。

木製のテーブルとベンチが置いてあって、他はきれいに片づけられていた。蔦《つた》が壁や窓にからまっていて、使われなくなってからの年月の経過を思わせる。

「お礼よ。兄の代わりに……」

波瑠は抱きついてきた。少し顔を傾けて、唇を合わせ、ついばむようなキスをする。

大人の香水の芳香《ほうこう》に包み込まれ、柔らかな唇と濡れた舌で口を丁寧《ていねい》に愛撫《あいぶ》されて、股間のものがぐぐっと力を漲《みなぎ》らせた。

すると、それを感じたのか、波瑠は右手をおろしていき、亮介の浴衣の前を開いて、ブリーフ越しにイチモツをさする。

「お元気ですね。もうこんなにカチンカチン……」

波瑠は至近距離でじっと目を見る。

「相手が波瑠ママだからですよ」

「あら、お上手ね。初音さん相手にも、大活躍なさったんでしょ」

波瑠は皮肉を言って、ブリーフの横から手を入れて、じかに肉棹を触った。

静かにさすってから、握り込み、ゆっくりと上下にしごいた。

「……作家がいちばん性欲旺盛になるのはいつか、ご存じですか？」

快感のなかで、亮介は言った。

「わからないわ。エッチな場面を書いているときかしら」

「プロの作家は濡れ場でも計算して書いていますからね。性欲をコントロールしているんです」

「じゃあ、いつ？」

「今ですよ。締め切りに間に合わせて書き終え、次の仕事にかかるまでの間」

「じゃあ、わたしは絶好のタイミングで現れたわけね」

波瑠は愛嬌たっぷりに微笑《ほほえ》んで、すっと前にしゃがんだ。

ブリーフを脱がせて、壁を背に亮介を立たせる。浴衣の裾を半幅帯に挟み込んで、落ちないようにする。

鋭角にいきりたっている肉柱を握って、

「もし誰かが来るようなら、教えてくださいね」

そう言って、顔を寄せてきた。

窓から射し込む午後の陽光を受けてテカつく亀頭部を、上から舐めてきた。

尿道口に添って舌を走らせ、スキンヘッドに慈《いつく》しむようにキスをする。

亀頭冠を浅く頰張り、余っている肉胴にしなやかな指を巻きつかせて、静かにしごく。そうしながら同じリズムで、亀頭冠に唇をすべらせる。

波瑠は三十八歳の未亡人だと聞いている。

現在、特定の男がいるのかどうかは、わからない。だがこの器量良しで、色気むんむんである。いないほうがおかしい。

そう考えると、フェラチオをこれだけスムーズに行える背景がわかる。

それでも、かまわない。女を独り占めしようとするから、様々なトラブルが起こる。自分は女を独り占めする気はない。

波瑠は右手を離して、口だけで頰張ってくる。ぐっと根元まで吞《の》み込んで、なかで、ねっとりと舌をからめてくる。よく動く舌が表面を擦《こす》り、同時に唇がすべる。

下を向いて深く咥《くわ》えているので、アップに結った髪から襟足《えりあし》がのぞける。かるく撥《は》ねた薄い毛が楚々《そそ》としたうなじを飾り、悩ましい後頭部が上下に動く。

快感に顔をあげると、反対側の窓から、辺り一面に緑をなす木々が見える。

「んっ、んっ、んっ……」

波瑠のくぐもった声にジュルルルと、唾液を啜りあげる音が重なって聞こえる。

(ああ、たまらない。天国だ……)

亮介はうっとりと目を細める。その目に、森の中を走る陽光が飛び込んできて、目眩《めまい》がした。

つづけざまに大きく、激しくしごかれるうちに、亮介も我慢できなくなった。

「波瑠さん、そろそろ……」

言うと、波瑠はちゅるっと吐き出して、立ちあがった。

それから、テーブルに両手を突いて、後ろに腰を突き出す。振り返って、亮介を見ながら、くなり、くなりと腰を揺すった。

(孔雀《くじゃく》セックスか……)

映画『ひとひらの雪』で、男性が女性の着物をまくって、バックからするときに、女性の格好や開いた艶やかな着物と長襦袢《ながじゅばん》が、孔雀が羽根を開いたときにそっくりということで、『孔雀ポーズ』などと呼ばれた。

亮介も一度やってみたかった。これまでその機会に恵まれなかったが、とうとう実現するときが来たのだ。

亮介は真後ろにしゃがみ、着物と長襦袢の裾をまくりあげる。

燃えるように赤い襦袢が波瑠の腰から上を覆《おお》い、仄白《ほのじろ》い尻がこぼれでた。

緋色《ひいろ》、肌色、木々の緑――。

波瑠の立ち姿は、まさに孔雀が羽根をひろげたポーズに似ていた。

そして、三十八歳の熟《う》れた尻の底で、女の花園がこちらに向かって、割れていた。漆黒《しっこく》の翳《かげ》りを背景に、ふっくらとした肉びらがひろがり、鮮紅色にぬめる粘膜が顔をのぞかせている。

亮介は後ろにしゃがんで、狭間を舐めた。潤みきった粘膜を舌がなぞりあげていって、

「あうぅぅ……！」

波瑠が押し殺した声を洩らす。

亮介は何度も舌を往復させて、今は下にある突起を舌で転がして、吸う。する

と、波瑠も吸引に弱いのか、

「ぁあああああ……！」

小屋中に響きわたる嬌声をあげて、背中をしならせる。

陰核を舌であやしていると、もう我慢できないとでもいうように尻を突き出して、大きくグラインドさせ、

「ぁああ、先生……ちょうだい。わたし、ずっと先生とお手合わせしたかったのよ」

波瑠が訴えてくる。

「ほんとうですか？　少なくとも俺はそうでしたよ。小説のなかで、波瑠ママをモデルにした女性を、もう何度も犯している。こうやって着物を着せたまま、バックでね」

「それが現実になるのね」

「はい……妄想が現実になるんだ。だけど、いまだに夢のようですよ」

「夢じゃない。これは現実よ。ああ、早くぅ……ください。くださいな……」

波瑠が内股になって、いっそう尻を突き出してくる。

亮介は猛りたつものを指で導いて、とば口に押し当てる。

位置を確かめながら慎重に腰を突き出していくと、切っ先が入口の帳《とばり》を押し開いていく感触があって、

「はうぅぅ……！」

波瑠はのけぞりながら、木のテーブルをつかんだ。

（おおぅ、素晴らしい締めつけだ！）

まだ動かしていないのに、粘膜がざわめきながら肉棹を締めつけてくる。ぎゅう、ぎゅうと包み込み、内へ内へと吸い込もうとする。

（さすがだな。色っぽいだけではなく、女性器自体も具合がいい。こういう恵まれた女がたまにいる）

亮介はいつものように三十秒ルールを守る。

つまり、挿入して三十秒はじっとしている。そうすると、膣の粘膜が自然に男根の形を受け入れて、隙間なく埋めつくしてくる。

こうなると、同じストロークを繰り出しても、もたらす効果が全然違う。女性だけでなく、男も粘着感が増して、気持ちいい。

三十秒ルールは、言うのは簡単だが、いざ実行となると難しい。おそらく、男のほうに、擦《こす》っていないと勃起が保てないという不安や、一刻も早く女性を感じ

させたいという焦《あせ》りがあるからだ。

三十秒ルールを毎回保つことができたら、免許皆伝《めんきよかいでん》と言ってもいい。そのくらいに難しいものだ。

しばらくじっとしていると、波瑠も焦《じ》れてきたのか、くなり、くなりと腰を揺すり、

「ぁあああ、突いて……突いてちょうだい……」

尻を前後に振りはじめた。

「波瑠さん、腰が動いていますよ」

亮介は定石《じょうせき》どおりに言葉でなぶる。

「ぁあああん、もう……意地悪な人ね。ちょうだい。突いてちょうだい……ぁあああ、勝手に動く……」

波瑠は自分から腰を前後に振って、強い摩擦を求めてくる。自分から尻をぶつけてきて、

「あんっ……あんっ……あんっ……！」

声をスタッカートさせる。

こうなると、亮介も手伝いたくなる。

尻をぶつけてくる瞬間を見計らい、ぐいと下腹部を突き出すと、勃起が深々と嵌まり込んでいって、

「はうぅ……！」

波瑠は顔をのけぞらせた。

緋襦袢が張りついた腰から上が、がくん、がくんと揺れている。波瑠は内股になって、いっそう尻を突き出してくる。

亮介は腰をつかんで引き寄せながら、ゆっくりと抽送《ちゅうそう》を繰り返す。ぬるり、ぬるりと硬直が膣粘膜を擦りあげていき、切っ先が奥のほうに届き、そのたびに、波瑠はビクッ、ビクッとする。

森の木立《こだち》を抜けて、窓から射し込んだ午後の陽光が、真っ赤な襦袢と真っ白な尻を対照的に浮かびあがらせている。

眩しく光る双臀《そうでん》の底に、蜜まみれの肉柱が出入りするさまが、はっきりと見える。

自然のなかでするセックスはいい。野生に戻った気がする。我々の祖先もこうやって大自然のなかで性の営みをしていたのだろう。

亮介は着物の袖の付け根にある開口部、身八口《みやつくち》から手をすべり込ませて、じか

に乳房をつかんだ。

豊かな量感を誇るふくらみを揉みしだき、頂上の突起を見つけて、指で転がすと、

「あっ……ぁあああ、それ……はうんん！」

波瑠は大きくのけぞって、テーブルの縁をつかみ直す。

亮介はここぞとばかりに乳房をつかみ、突起を捏ねる。そうしながら、後ろから勃起を叩き込んでいく。

徐々に、波瑠が高まっていくのがわかる。

亮介も強く打ち込んだ。

柔らかな尻たぶが沈み込んでいくような快感と、窮屈な肉路を擦りながら押し広げていくことの悦びが、渾然一体《こんぜんいったい》となって、亮介を導く。

波瑠も胸を揉みしだかれ、後ろから突き上げられて、

「あん……あんっ……あんっ……ああ、気持ちいいの……突き刺さってくる。お臍《へそ》まで届いてるのよ……ぁああ、ねえ、もう、イキそう……イキそうなの！」

逼迫《ひっぱく》した声を放つ。

「いいですよ。イッてください……いいですよ」

亮介がたてつづけに打ち込んだとき、

「イク、イク、イキます……はうっ！」

波瑠は大きくのけぞって、がくん、がくんと腰を揺らせた。

第三章　愛人のこだわり

1

その日、愛川亮介は世田谷《せたがや》の資産家の邸宅にいた。

目の前では、六十六歳の松島鴻一郎《まつしまこういちろう》が介護ベッドの上で、上体を起こして、自分の送ってきた人生を滔々《とうとう》と語っている。

余命半年の癌患者とは、とても思えない。

亮介は鴻一郎の語りを録音しながら、さかんにメモを取っている。

じつは、亮介は小説を書くかたわら、プロのゴーストライターとして、自費出版を請け負う出版社でアルバイトをしている。

亮介クラスの作家では、執筆料や印税だけで食べていくのは難しい。そこで十年ほど前から、その出版社の仕事を引き受けている。

年に二本程度だが、それなりの収入にはなる。

仕事の内容はほとんどが自叙伝《じじょでん》である。

何らかの理由で出版したい人物に、長時間、生い立ちや生きていく上での金言、主義などを語ってもらい、それを亮介がまとめて、指定された文字数におさめる。

それを本人に提出して、訂正箇所を直す。それを何度か繰り返して、本人のOKが出たら、印刷所にまわし、製本する。出来上がった本を本人に希望部数配り、書店に配本することもできる。

ゴーストライターはだいたい二日で六時間ほどのインタビューをこなし、テープ起こしをし、その構成も考えなくてはいけないので、かなり時間を取られる。

それでも、出版、執筆に関わって、お金を得られるのだから、まったく関係ないアルバイトをするよりもはるかに充実感がある。

それに、そうやって人生を勝ち抜いてきた人の話を聞くのは勉強になるし、執筆の上での参考にもなる。

松島鴻一郎は昭和三十三年に東京で生を受けた。五歳のときに父を亡くして、それ以降、母の女手ひとつで育てられた。

赤貧を極めたが、小さい頃から手先が器用で、機械いじりが好きだった。高専を出て、とある工場に就職した。

その後、独立して車の部品を製造する工場を経営し、それが軌道に乗り、今は車の精密機器を作る工場を関東に三つ所有している。

職人気質の人物で、日本人の手先の器用さと根気強さは世界で一番、日本の産業が発展していくためには職人的な技法を突き詰めていくことしか方法はない、と言う。

それが、松島鴻一郎の基本理念で、それを自分の会社で徹底するためにも、この自叙伝をみんなに読んでもらいたい——。

かように、彼がこの本を出版したい理由は明確だった。

「と、まあ、こんなところだ。これで、いけそうか？」

鴻一郎が語り終えて、亮介を見た。

緑寿《ろくじゅ》を迎えて、余命半年の癌患者である。

白髪で痩せてはいるが、語り口もしっかりしていて、いまだ精悍《せいかん》さを失っていない。若い頃はきっとモテたのではないかと思う。

「はい、量的にも質的にも、これで充分だと思います」

「そうか……」

「お疲れでしょう。あとは事実確認のための資料を渡していただければ……」

「わかった。これで、俺の表向きの自伝は終わりだ」

鴻一郎が意味不明なことを口にした。

「もうひとつ、俺の裏の自伝を書いてほしい」

「裏、ですか？」

「ああ……簡単に言うと、女性関係の自伝だ」

そう言って、鴻一郎は大きな封筒を取り出した。

「なかを見てくれ」

亮介が中身をあらためると、それは、五枚の女性の写真と資料で、随分と古いものもある。

「それが、俺が抱いた女性のすべてだ。二十三歳で童貞を卒業して、結局、五人の女としか寝なかった。少ないだろ？　だが、真剣につきあったから、ひとりひとりに深い思い出がある。そのうちのひとり、ほら、これが俺の女房になった早《さ》智《ち》だ。残念ながら、早智は二年前に亡くなった。早智も含めて、俺が真剣につきあった女性の記憶を文章で残しておきたい。出逢いとどんなふうに愛し合ったか、どうして別れたのかを、それぞれ書いてほしいんだ……もちろん、他人に読ませられるものではない。まだ、ほとんどの女性が生きているからね。だから、読者は俺だけだ。女たちの思い出に包まれて、息を引き取りたいんだ。それで、火葬されるときに、表と裏の二つの自伝を柩《ひつぎ》のなかに入れてほしい。ひとりだけに読ませるために書くのは、つらいだろう。だから、お金は表の自伝の倍払う。書いてくれないか？」

鴻一郎にじろりとにらまれると、とてもノーとは言えなかった。それに、五人の女性たちを書くのは、自分としても興味深い。

「わかりました。お引き受けいたします」

「ありがとう……よかった。だけど、本題はこれからだ。そのうちの二人、これが、山野彩菜《やまのあやな》で現在二十九歳。彩菜とは四年前、彼女が二十五歳のときに知り合って、三年間つきあった。うちの工場に勤めていたんだ。山野彩菜はいちばん新しい恋人だ。今は伊豆《いず》の河津《かわづ》にいる。ほら、河津桜で有名な。そろそろ、見頃じゃないか……これは、当時の写真だ」

鴻一郎が見せた写真には、工場の作業服を着て、噴き出す汗を手で拭いている美しい女が映っていた。

作業着の上着がはだけて、白いTシャツがのぞいていた。手足は長いのに、T

シャツを持ちあげた胸はアンバランスなほど大きくて、この写真を一枚見ただけで、鴻一郎が彼女に首ったけになった理由がわかった。

「それともうひとり……この女だ。名前は井藤小夜子《いふじさよこ》で今は四十三歳。小夜子は十年前につきあっていた。妻と離婚して、この女と一緒になろうかと真剣に悩んだ相手だ。当時はうちの工場の近くの食堂で働いていた。彼女も彩菜と同じ伊豆で、彼女は修善寺《しゆぜんじ》にいる。旅館の仲居頭《なかいがしら》をやっているらしい」

鴻一郎が見せた写真には、居酒屋で両手をあげて無邪気《むじやき》に笑っている、とびっきり明るい感じの丸顔の美人が写っていた。

「この二人はとくに思い入れが深いんだ。裏の自伝には、この二人の項目では、俺とのセックスシーンを入れてほしい。ただし、たんなる空想で書いてほしくない。必ず二人に逢って、取材をしてくれ。そうしたら、実感が湧《わ》くだろう？」

「……実際に逢うんですか？」

「ああ、できれば、彼女たちと親しくしてね……だから、その分の取材費もたっぷり払う」

鴻一郎がきっぱりと言った。親しくするというのが、どういう意味なのか計りかねるが、触手は動いた。

「俺は末期癌で、持っても半年。早ければ、数カ月後にはあっちの世界へ行く。それで考えたんだ。この残り少ない時間をどうやって過ごせばいいのかを……ほんとうは、この二人を抱きたいんだ。だけど、もう俺のあれは言うことを聞かない。逢って、この窶《やつ》れた顔を見せるのもいやだ。だから、代わりにあんたが彼女たちと親しくなって、俺と二人のセックスを書いてほしい。俺がきみを選んだのは、官能作家であり、俺と性の感覚が合っているからなんだ。あんたの小説を読んで、ひさしぶりに昂奮したよ。そのとき、決めたんだ。きみに表も裏も書いてもらうことに。頼む、このとおりだ。やってくれ」

「でも、肝心の二人が、私なんか……」

「それはたぶん、大丈夫だ。俺の方から、二人には頼み込んでおく。余命半年の元恋人の一生に一度の頼みは聞いてくれるだろう。それでも、ダメだったときは、しょうがない、諦めるよ。所詮《しょせん》、俺とはそれだけの関係だったんだと……頼む、やってくれないか……」

鴻一郎が深々と頭をさげる。

「でも、俺の書く濡れ場が、松島さんの意に沿うものかどうかは、わかりませんよ。そのへんが不安です」

「大丈夫だ。意にそぐわなかったから、金を払わないということはない。それに、きみは官能小説とゴーストライターのプロなんだろう。多少無理な注文にも応えるのがプロじゃないのか。少なくとも俺はそうしてきた」

「……わかりました。やらせてください。ただし、こちらにも条件があります。その二人との情事を私が書く小説にも使わせてください」

「いいじゃないか……大いに使ってくれ。本になるのが愉《たの》しみだよ。よし、決まりだな。これからのスケジュールを決めようか」

心なしか鴻一郎の目に強い意思のようなものが、感じられた。

「では、まず五人それぞれの出逢いとプロセス、どのようなセックスをしたかを教えてください。ただ、今日はもう三時間も話されている。改めて、時間を決めましょうか？」

「いや、大丈夫だ。明日、明後日に倒れるかもしれん。なるべく早く話しておきたい。あんたのほうは時間は大丈夫か？」

「平気です」

「じゃあ、まずは二十三歳の初体験からだな……」

鴻一郎が語りはじめ、亮介は録音しながら、メモを取った。

2

一週間後、亮介は伊豆の河津に来ていた。山野彩菜が住んでいるところだ。ちょうど河津桜が満開を迎えていた。

彩菜がガソリンスタンドで働いているという情報は、鴻一郎からもらっていた。それもあって、亮介は東京から車で来た。太平洋沿いの道を運転してきたのだが、くねった海岸沿いを走るので、カーブの多い道に難儀した。

ようやく河津に到着して、あらかじめ調べておいた、駅前の大通り沿いにあるガソリンスタンドに給油で立ち寄った。

ここで、山野彩菜が働いているはずだ。

今はセルフで給油するスタンドが多いが、ここもそのようだ。給油スタンドの横に車をつけて、車を降り、山野彩菜をさがした。

写真で見ているから、すぐにわかった。

彼女は他の車の給油を手伝っている。

制服の白いつなぎを着て帽子をかぶった彩菜が、中年の女性に給油の仕方を手取り足取りで教えている。

写真は四年前のもので、今は二十九歳。

確かに、少し肉付きは良くなっている。その分、今のほうが肉感的だ。

目を奪われるのが、抜群のプロポーションと、爽《さわ》やかな美貌である。

すでに、松島鴻一郎の指示もあって、このくらいの時間にガソリンスタンドに行くことは伝えてある。

その際に彩菜は、『仕事が終わってからでないと、ゆっくりと逢えないが、顔合わせくらいならできます』と言った。

松島鴻一郎の名前を出しても、まったく驚くことはなく、『社長から聞いていいます』と普通に答えていたから、鴻一郎に対しては、いい思い出しかないのだと思った。

セルフで給油しながら、彩菜の仕事が一段落するのを待って、話しかけた。

「あの……山野彩菜さんですね」

「はい」

「電話でお話をした愛川です」

「ああ、あなたが……」

彩菜が目を見て、微笑《ほほえ》んだ。

「仕事が終わってから、逢えますか?」

「そうですね。河津川の荒倉橋《あらくらばし》の近くに、Sというカフェレストランがあります。そこに、六時半でいかがでしょうか?」

「わかりました」

亮介はもう一度、店の位置を確認して、スタンドを出た。

そのまま、駅前の通りを走り、海岸のほうに向かう。ほどなくして、道路沿いに建つホテルに到着する。景観を損なわないための三階建てのモスグリーンの建物で、このK亭に今夜の宿を取ってある。

ホテルの駐車場に車を停めて、チェックインした。

すべてがシービューの部屋になっていて、ベランダもついている。三階のベランダに出ると、太平洋の海原がひろがっていた。

川の両岸には河津桜が咲き誇り、川が流れ込む河口と海も望むことができる。

(この時期に、ここに来られたのはラッキーだった)

亮介はしばらく休んで、ホテルを出た。

河津川の岸を走る道路を、川下から川上へと歩いていく。

ほぼ満開の河津桜が咲き誇り、数キロメートルつづいている。途中で桜のトンネルのようになっている箇所もあり、カップル向きの観光地だと感じた。

河津桜はソメイヨシノと較べると、色が濃く、ピンクが強い。花のつき方もまとまっていて、八重桜に似ている。

菜の花がところどころでまとまって咲いていて、黄色とピンクの配色が見ている者を幸せな気持ちにさせる。

お花見に訪れている客の何割かはアジア系や欧米の人たちだ。こんなところにも、インバウンドの波は押し寄せているのだ。

橋の近くにあるカフェレストランは雰囲気のいいところで、先に行って、待っていると、六時半ちょうどに、山野彩菜が入ってきた。

ウインドブレーカーを白いTシャツの上にはおっていた。ピッタピタのスキニーパンツが、長くてすらりとした足を強調している。ズボンの上からでも、太腿《ふともも》が陸上選手のように張っていて、尻がきゅんと吊《つ》りあがっているのがわかった。

亮介は、二人分の夕食をオーダーする。

食事をしながら、現状を訊いた。

「昨年、松島さんと別れて、会社を辞めました。社長には辞めるなと言われたんですが、区切りをつけたかったので……それで、友人に勧められて、河津のガソリンスタンドに来ました。あそこは、車検もやっていて……車が好きなので、車検を手伝えるのなら、今後のキャリアのためにもなるのかなと思って……」

「会社の寮とかあるんですか？」

「それはないですね。このへんには、安いアパートがありますから。河津川の桜はきれいだし、花や海があって、気候も温暖ですし、いいところですよ」

彩菜が幸せそうな顔をした。

この人はつらい体験をしたが、今はその傷をこの温暖な土地で癒《い》やしているのだと思った。

鴻一郎をまったく恨んではいないのだろう。現に、彼に頼まれて、こうやって取材にも応じてくれている。

ほぼ食事を終えて、亮介は誘ってみた。

「ここでは、なかなか訊《き》けないこともあります。ホテルを取ってあるので、部屋に来ませんか？」

「……部屋ではちょっと」

「じゃあ、歩きながら……」

「はい、かまいませんよ」

彩菜と店を出て、川沿いに、桜並木を河口のほうへと歩いていく。すでに、河津桜はライトアップされていて、照明に浮かびあがる夜桜が幻想的だった。

屋台も出ていて、まだ多くの客が夜桜見物を愉しんでいる。

河津川のひろい水面に桜の花が散り、部分的に花筏《はないかだ》のようになって、表面が照明を浴びてキラキラ光っている。

「寂しくはないですか？」

唐突《とうとつ》に訊いてみた。

「……寂しくはありません。寂しいところがあるとしたら、余命半年の社長のお見舞いにも行けないことです。別れる際に、周囲がわたしたちのことを知ってしまいましたから。ほんとうは、お世話をしたいんです。看病をしたいんです。わたしの腕のなかで息を引き取ってほしいんです」

彩菜は立ち止まって、対岸の夜桜を見た。

ピンク色に浮かびあがった桜並木がつづいている。それを斜めからの照明が仄《ほの》白《じろ》く浮かびあがらせ、無数の花びらが風ではらはらと舞い落ちて、諸行無常《しょぎょうむじょう》の世界を体現しているように見える。

「わたしは少しでも、鴻一郎さんの役に立ちたいんです。だから、鴻一郎さんの求めることは何でもするつもりです。ただ、その覚悟をするまでに、少し時間をください」

彼女の健気《けなげ》な言葉が、亮介の胸を打った。

その覚悟とは、つまり、亮介に抱かれるということだろう。

亮介はいくら鴻一郎の頼みとはいえ、こんなに素晴らしい女性を抱かせていただくことに、憚《はばか》りを覚えた。彼女に申し訳ない気がした。

しかし、鴻一郎とそういう契約を結んだのだから、実行しなければいけない。いや、契約云々《うんぬん》を言うまでもなく、山野彩菜を抱きたかった。こんないい女に手を出さないなんて、官能作家として失格だという気がする。

彩菜は涙を拭《ぬぐ》い、歩きだした。

夜桜のなかを、海岸に向かい、亮介はその後をついていく。

歩きながら、鴻一郎が語った彩菜との物語を思い出していた。

四年前、鴻一郎は六十二歳で、いまだ現役バリバリで工場にも顔を出していた。そして、東京の工場で出逢ったのが、二十五歳の山野彩菜だった。

彼女の一生懸命な仕事ぶりを見て、ひと目で気に入ったのだという。美人で、性格も素直だった。

金属加工の職人になるために、油まみれ、汗まみれになりながらも努力する若い美女と出逢ったのは、初めてだった。

ほぼ一目惚れだったという。

だが、鴻一郎は社長であり、なおかつ、二人は、三十七歳も歳がかけ離れている。しかも、当時はまだ妻も健在だった。

絶対に手を出してはいけない相手だった。だが、鴻一郎は思いを抑えることができなかった。なぜなら、彩菜も自分に好意を持っていてくれたからだ。

彩菜は、一代で精密機械の工場を持つようになった鴻一郎を尊敬してくれているようだった。

夕食に誘うと、彩菜は鴻一郎の考え方を知りたいからと、つきあってくれた。いやがることは、まったくなかった。

断ってくれれば、また違ったかもしれない。

だが、彩菜が鴻一郎にノーと言ったことは一度もなかった。それが、鴻一郎を思いあがらせたのだ。

『彩菜が私に抱かれたのは、誤解を恐れずに言えば、彼女は幼い頃に父親を亡くしており、ファザコン気味だったからだと思っている。つまり、彩菜は私に父的な権威を見ており、私を失うのが怖かったから、誘いに応じたのだ』

そう、鴻一郎は語った。

彩菜は性的には奥手だったが、肌を合わせるうちに、もともと持っていた豊かな性感を花開かせていった。

そして、鴻一郎に抱かれ、生まれて初めて、挿入《そうにゅう》されて昇りつめることを体験した。それを機に、彩菜は鴻一郎を悦《よろこ》ばせるためなら、どんなことでもするようになった。

年齢的なもので勃《た》ちの悪い分身をギンとさせるために、とくにフェラチオには時間を割《さ》いた。

セックスにもパブロフの犬的な条件反射はあるようで、やがて、鴻一郎はどんなに疲れているときも、精神的なストレスがあるときも、彩菜に頰張《ほおば》ってもらいさえすれば、確実に勃起《ぼっき》するようになった。

身体を合わせるごとに彩菜は奔放《ほんぽう》になり、大胆になり、積極的になった。そして、鴻一郎の求める行為を拒んだことは一度もなかった。

同時に、彩菜は機械工としてのノウハウを知りたがり、それを鴻一郎に求めた。

鴻一郎は自分が持っているすべての技術を彼女に教え込んだ。そういう意味では、二人は師弟ともいえる。

三十七歳も年下の女性を愛人とした、社長の老いらくの恋だった。

二年前に、鴻一郎の長年連れ添ってきた妻が癌で亡くなった。寂しかったが、鴻一郎には彩菜がいた。あのときほど彩菜という存在を大切に感じたことはなかった。

だが、昨年、鴻一郎がすい臓癌を患《わずら》っていることが判明した。完治する見込みのない癌で、そのときすでに余命一年と言われた。

鴻一郎は残りの一年を、彩菜とともに過ごしたいとも思った。だが、二人の関係が周囲に知られてしまう可能性は高い。そうなれば、鴻一郎が死んだ後の、彩菜の人生が心配だった。

社長の愛人だった女として、揶揄《やゆ》されながら残りの長い人生を過ごすなど、可哀相すぎた。だから、鴻一郎は別れを切り出した。

事情を話したが、彩菜は納得できないようだった。

それでも、強引に逢わないようにした。一切の電話もメールも着信拒否をした。やがて、鴻一郎の強い気持ちが伝わったのか、彩菜は会社を辞めて、鴻一郎の前から姿を消した――。

亮介はそんな物語を有する二人に対して、ただ言われたことをすることしかできない自分が歯がゆい。しかし、これは仕事なのだ。

鉄道の高架線を潜り、川が海に流れ込む河口に出た。

すでに、夕日も沈み、星空に水平線が溶け込んでいた。

想像よりずっと荒い波が、灰色の浜辺に押し寄せて、白い波頭《なみがしら》が崩れ、スーッと引いていく。

立ち止まって、海を眺めた。

「正直、わたしには鴻一郎さんがなぜあなたに抱かれろと言うのかわかりません。わたしとの物語を文章として残しておきたいから、官能作家でもある愛川さんに頼んだ、とは聞きました。でも、どうしても納得できないんです」

「お気持ちはわかります」

「ただ……余命少ない鴻一郎さんの望みは叶えてあげたいんです……ひとつ、条件があります」

彩菜が亮介をアーモンド形の目で見た。

「何でしょうか？」

「願いを叶えてあげたら、わたしを鴻一郎さんに逢わせていただけませんか。社長が天に召される前に、逢いたいんです。一度でいいんです。愛川さんのお力で、できませんか？」

亮介は少し考えて、気持ちを固めた。

「わかりました。たぶん、事前に話したら、あの人は逢わないと言うでしょう。頑固ですから、アポなしでいきなり行きましょう。俺はいずれにしろ、何度か逢わなければいけないので、そのときにお連れします。逢ってしまえば、きっと、松島さんの気持ちも変わると思います」

「ありがとうございます」

彩菜が深々と頭をさげた。

「行きましょう。ここは冷えます……肩に手を置いてもいいですか？」

彩菜がうなずいたので、ウインドブレーカーを着た肩に手をまわし、そっと抱き寄せた。それから、目の前に見えているホテルに向かった。

3

部屋でシャワーを浴びた二人は、備え付けのバスローブを着て、ベランダに出た。

二人の前には、満天の星と暗く映る海がひろがり、水平線が一直線に伸びているのがわかる。

砂浜に波が押し寄せては砕け散り、波が引いていく。そこにまた新しい波がやってきて、同じ情景が繰り返される。その永遠の繰り返しを見ていた彩菜が呟《つぶや》いた。

「地球も呼吸しているんですね」

「そうだね。確かに、この際限なく繰り返される波は地球の呼吸なんだろうね」

そう答えてから、間をとって、言った。

「……あなたを抱きたい。いいですね」

「はい……でも、必ず約束を守ってください」

風で煽《あお》られた長いストレートの髪を直しながら、彩菜が答えた。

「もちろん、必ず松島さんのもとに連れていきます」

「わかりました」

「あなたを真剣に愛したい。抱きたい。あなたのような素晴らしい女性はいい加減に抱いてはいけません。松島さんもきっとそんな気持ちだったと思います」

亮介はそう言って、彩菜の顔を両手で挟んで、キスをする。

彩菜が一瞬、それを拒んだ。

「ゴメンなさい」

謝って、目を閉じる。長い睫毛《まつげ》だった。

ストレートロングの黒髪が乱れて、顔にかかる。その口許に唇を押しつけて、静かに抱き寄せた。

もう、彩菜は拒まない。

ここは三階で、浜辺に人影はないから、まず見つかる危険性は低い。

上唇と下唇を挟むようにして、ついばんだ。初めはためらいが感じられたが、亮介がじっくりと唇を舐《な》め、口腔《こうこう》を舌でなぞると、

「んっ……んっ……」

彩菜は甘く鼻を鳴らして、亮介の体におずおずと両腕をまわしてきた。

そのまま舌をからめていくと、彩菜もそれに応えて、舌を吸い、亮介に抱きついてくる。

キスをつづけながら、背中からヒップにかけて愛情を込めて、撫《な》でさすった。

彩菜も積極的に舌をからめて、亮介の背中を抱き寄せる。

ベランダにいるせいで、波の音がはっきりと聞こえる。

ザブン、ザザザッ……ザブン、ザザザッ……と、永遠に繰り返されるであろう波の息づかいが、亮介を、おそらく、彩菜をも昂《たかぶ》らせている。

彩菜の呼吸が激しくなり、亮介は尻をつかんで引き寄せる。

「あんっ……」

愛らしい声を洩《も》らして、彩菜がのけぞった。

「部屋に入りましょう」

耳元で囁《ささや》いて、彩菜を室内へと連れて行く。

部屋にはベッドが二つあって、海側のベッドに彩菜を座らせた。白いバスローブの腰紐を外し、脱がせた。

バスローブが肩からすべり落ちて、形のいい乳房がまろびでてきた。そのふくらみを、彩菜は腕で隠した。

だが、下腹部の茂みは見えている。薄い繊毛《せんもう》が台形に生えていて、ぴっちりとよじり合わされた太腿の奥へと消えている。

亮介も自分のバスローブを脱いで、全裸になった。

それほど誇れる体ではないが、彩菜の前では正々堂々と晒《さら》さないと、申し訳ないような気がする。

幸いにして、今のキスで分身は頭を擡《もた》げている。

一瞬、勃起《ぼっき》に視線を落とした彩菜が、ハッとしたような表情になった。

亮介は彩菜をベッドにそっと倒して、両手を万歳《ばんざい》の形に押さえつけた。乳房と腋《わき》の下をあらわにされた彩菜は、羞恥《しゅうち》の色を浮かべて、顔をそむける。

だが、彩菜がこうしたほうが感じることは、鴻一郎への聞き取り調査でわかっている。

鴻一郎は支配的なセックスをして、彩菜もそれに馴染《なじ》んでいた。

官能小説の作風から亮介もそういうセックスを好むと判断した鴻一郎は、『二人の相性はいい』として、依頼をしてきたのだ。

長い黒髪が扇のように散って、その真ん中に小顔だが、くっきりとした美貌がある。

おそらくDカップで形のいい乳房は、頂上がツンと上を向いていて、仰臥《ぎょうが》していてもほとんど崩れない。

長い手を万歳の形に押さえつけられて、腋の下と乳房をあらわにした姿が、たまらなく男の劣情をそそる。

しかも、モデルとかではなく、溶接もプレスもして、汗水垂らしながら男と同じように肉体労働をする、つなぎの似合う美しい女性なのだ。

そのギャップが、彩菜を愛《いと》おしい存在にしている。

亮介は両手を押さえつけたまま、唇にキスをして、舌を入れる。すると、彩菜もおずおずと舌を使い、からめてくる。

拘束《こうそく》しながら、ねっとりと舌をからめていると、亮介のイチモツはいっそう力を漲《みなぎ》らせる。その充溢感《じゅういつかん》が、亮介を精神的にも昂らせる。

キスをおろしていき、長い首すじを舌でなぞりあげると、

「はぁあああ……！」

彩菜は顔をのけぞらせて、仄白い喉元《のどもと》をさらす。

敏感だった。鴻一郎と別れてから、すでに一年近く経過している。それでも、まだ彩菜の肉体は高い感受性を保っているようだ。

あるいは、身体が寂しさを覚えて、ひそかに男性を求めているのかもしれない。

「彩菜さん、頭の上で、両手をつないでください」

命じると、彩菜は「はい」とすぐに答えて、手をつなぐ。

その「はい」という迷いのない返事が、亮介をも昂奮させる。自分がこの美し

い女の主人なのだという関係性を強く感じさせてくれる。

亮介は自由になった手で乳房をつかみ、揉《も》みしだく。

直線的な上の斜面を下側の充実したふくらみが押し上げていて、乳首が少し上を向き、その角度が絶妙だった。

「そのままだよ。手をつないだまま、放さないように」

「はい……」

亮介は顔を寄せて、乳首を舐《な》める。

下から上へと舌でなぞりあげていくと、

「んっ……！」

彩菜はびくんとしながらも、声が出ないようにこらえている。そして、頭上で手をつないだままだ。

向かって右の乳首を上下左右に舐めながら、左側の乳房を揉みあげていく。

次は、左側の乳首を舌で転がしながら、右側の乳房を荒々しく揉みしだく。

彩菜は必死に喘《あえ》ぎを我慢しているようだった。亮介が交替に乳首を舐めて反対側のふくらみを揉みしだき、それを繰り返しているうちに、じりっ、じりっと腰がくねりはじめた。

腰が動いてしまうほどに感じているのだ。だが、初めて逢ったばかりの男だ。すぐに感じてしまっては、淫乱だと思われてしまう。そう危惧《きぐ》してか、必死にこらえているようだった。

「んんんっ、んんんん……」

両手を頭上でつなぎ、すっきりした眉《まゆ》を八の字に折って、長い太腿をよじり合わせながら、喘ぎを押し殺している。彩菜のその健気な心根《こころね》を愛おしく感じてしまう。

向かって右側の乳首に触れていた舌をずらしていく。右側上方へと斜めに這《は》わせていき、腋の下を舐めると、

「あっ……！」

彩菜はがくんと震えながら、いやいやをするように首を振った。

「腋の下を舐められた経験があるんだね」

「……はい」

「松島さんに？」

彩菜がうなずいた。

「どうだった？」

「恥《は》ずかしかった」

「それだけ？」

「最後のほうは、感じました」

「腋を舐められて？」

「はい……ぞわっぞわっとして、それがアソコを濡らすんです」

「アソコって、どこ？」

「アソコです」

「どこ？」

「言えません」

「ここだね？」

亮介は左手で翳《かげ》りの底を撫でた。

「あんっ……！」

彩菜は顔を大きくのけぞらせて、顎《あご》をせりあげる。

「ここが濡れるんだね？」

「はい……」

「じゃあ、腋を舐めながら、ここをかわいがってあげる」

亮介は向かって右側の腋窩《えきか》を舐めながら、左手で肉割れをなぞる。

すぐに粘膜の潤《うるお》いが増して、

「うんっ……うんっ……」

彩菜は今にも泣きださんばかりの顔で、必死に喘ぎを押し殺している。

頭の上でつないでいる手を離して、腋窩を隠すことは可能だ。だが、彩菜にはそういう気配は一切ない。まるで、拘束具でくくられているようにみずから手をつないで、腋窩と乳房を剝《む》き出しにしている。

膝《ひざ》が立てられて、左右の踵《かかと》がずりずりとシーツを擦《こす》っている。

徐々に膝が開いてきて、あらわになっている土手高の恥丘《ちきゅう》を、ぐぐっ、ぐぐっとせりあげる。

腋の下からは甘酸っぱい芳香《ほうこう》が立ち、それが自分の唾液の匂いで消されてしまう。窪みから二の腕へと舌を這わせていく。

柔らかな二の腕の内側を舐めあげていくと、

「ぁあああ、許して……はうぅぅ」

それが感じるのだろう、彩菜は顎を突きあげて、恥丘を亮介の手のひらに擦りつけてくる。

亮介は二の腕から前腕へと舐めあげていき、手指をとらえた。しなやかで長い指を舐めると、かすかに車のオイルの匂いがして、それがさらに亮介の劣性をかきたてる。

指を一本、一本頬張った。

「いけません……いやです、いや……ぁあああぁ」

彩菜は最初はいやがっていたのに、最後には顔をのけぞらせる。

亮介が指と指の股を舌先でくすぐると、

「いや、いや、いや……はぅぅぅ」

彩菜はのけぞりながら、腰を揺らめかせる。

亮介は腕から腋の下へと舐めおろし、そのまま脇腹へと舌をおろしていく。

「あっ……あっ……」

彩菜はびくん、びくんと痙攣《けいれん》して、顎をせりあげた。

亮介は脇腹から腹部へと舌をすべらせる。縦型で窪んでいる臍《へそ》からまっすぐ下へとおろしていくと、

「あっ、いや……」

彩菜が内股になって、太腿をよじり合わせる。

亮介は膝をつかんで押し広げ、あらわになった恥毛の流れ込むあたりにしゃぶりついた。貪《むさぼ》るようにして吸うと、

「ぁあああうぅぅ……！」

彩菜は喘ぎながら、大きく顎を突き上げる。

そこはすでに潤みきっている。濡れた狭間《はざま》をスーッと舐めあげる。

「ぁああうぅぅぅ……！」

彩菜は喘ぎ声を長く伸ばして、のけぞった。

それでも、依然として頭上で両手をつないでいて、その命令をどこまでも守る姿勢が、亮介を昂らせる。

亮介は両膝の裏をつかんで、押し広げながら、媚肉《びにく》を舐めしゃぶる。

蘭《らん》の花のように縦に長い花肉は、薄い肉びらの縁がフリルのように褶曲《しゅうきょく》していて、ひろがった肉びらの狭間から、ぬめる粘膜が大きく顔をのぞかせていた。

粘膜を何度も舌でなぞりあげると、彩菜はどうしていいのかわからないといった様子で身悶《みもだ》えをして、泣いているような喘ぎを断続的に洩らした。

次から次へとあふれでる蜜が、狭間ばかりか肉土手も濡らして、おびただしい蜜と唾液で全体が妖《あや》しいほどにぬめ光っている。

上方の肉芽《にくが》に狙いを定めた。

雨合羽《あまがっぱ》のフードに似た包皮を剝いて、じかに肉真珠を舐めた。唾液を載せた舌でなぞりあげ、横に弾《はじ》く。また、舐めあげて、横に細かく弾く。それを繰り返していると、彩菜が逼迫《ひっぱく》してきたのがわかる。

「ぁあぁ、あぁあ……いや、いや……ぁあぁ、はぅぅぅ」

のけぞって、下腹部をせりあげる。

そして、みずから腰をくねらせて、もっとばかりにせがんでくる。

本人の意思ではなく、肉体が求めているのだ。

鴻一郎のような老練な男に、三年もの間、セックスを教え込まれた。鴻一郎の色に染められたのだ。それは容易に抜けるものではないだろう。

クリトリスを執拗《しつよう》に舌で転がし、吸い、しゃぶるうちに、彩菜は身悶えをして、下腹部をせりあげるようになった。

ここの奥に、ペニスが欲しくて仕方がないのだ。

挿入《そうにゅう》する前に、やってもらいたいことがあった。鴻一郎がどんなに疲れているときも、これによって勃起させてもらったというフェラチオを、亮介も体験したかった。

亮介は仰向《あおむ》けに寝て、彩菜にフェラチオをするように言う。

彩菜はちらりと亮介を見て、足の間にしゃがんだ。

陰毛を突いて、いきりたっている肉柱を見て、彩菜が唇を舐めるのが見えた。

おそらく無意識にしているのだろう。ちろりとのぞいた赤い舌が卑猥《ひわい》だった。

彩菜は肉棹《にくざお》の感触を確かめるように触れて、握り、茜色《あかねいろ》にてらつく亀頭部《きとうぶ》にチュッ、チュッとキスをした。

垂れ落ちている長い髪をかきあげて、片方の耳の後ろに束ね、少し肩を傾けるようにして、亀頭冠《きとうかん》の出っ張りを舐めてくる。

カリの裏に舌を引っかけるようにしてなぞり、それが終わると、裏すじを舐めおろし、根元からツーッと舐めあげてくる。

その様子を目に焼きつけようと、じっと見る。美人のフェラチオシーンはセックスのなかでもいちばん美しく、エロチックだ。そして、男の支配欲を十二分に満たすものであり、自分の価値を感じさせてくれるものだ。

鴻一郎もおそらくそれを満喫していた。

彩菜は舐めながら、見あげるようなことはしない。ひたすら、一生懸命に裏すじを舌で刺激し、亀頭冠の真裏にある包皮小帯を舌先でちろちろと横に弾き、強く吸う。

そうしながら、本体をしっかりと握りしめ、時々、鼓舞するようにしごいてくる。

それから、全体に長い指を巻きつけて、大きくしごきながら、初めて亮介を見あげてきた。

左手で髪をかきあげて、自分の愛撫《あいぶ》がもたらす効果を推し量《おはか》るような目を向けてくる。

そのとき、口許に浮かんだ謎めいた微笑みに、亮介はドキッとした。

彩菜は視線をそらして、いきりたつものに唇をかぶせていった。

途中まで頰張り、右手と連動させて、顔を打ち振った。

一瞬にしてうねりあがる快美感に身構えたとき、彩菜は手を離して、一気に根元まで含んだ。

それから、激しく大きく顔を打ち振ったので、垂れている長い髪が躍った。

「あ、くっ……！」

湧きあがってきた心地よさに、亮介は呻《うめ》いた。

すると、それをわかっていたかのように、彩菜は往復のスピードをゆるめる。

そして、また根元を握りしめて、ぎゅっ、ぎゅっと強くしごいた。

「くっ……！」

搾《しぼ》り取るような巧妙な動きに、亮介の分身は嘶《いなな》く。

さらに力強さを増した肉柱を、彩菜は指と口を駆使して、追い込んでくる。

一時も休ませることなく、指か唇か舌のどれかを絶えず動かしている。時々、睾丸袋《こうがんぶくろ》をなぞってきて、やわやわとあやし、キスをする。

それから、一気にピッチをあげた。

根元を握りしごきながら、亀頭冠に唇を引っかけるように往復させる。

亮介はひろがってくる快感をこらえて、彩菜のフェラチオシーンを脳裏に焼きつける。

這っているので、くびれたウエストから大きな尻が張り出しているのが、よく見える。スレンダーなのに、尻は大きく、その発達した下半身が、彩菜の性的なエネルギーの豊かさを伝えてくる。

上体に目をやると、長い黒髪を揺らせて、彩菜の顔が激しく動いていた。

垂れさがる黒髪の間で、唾液まみれの肉柱に唇がまとわりつき、大きく、速く上下にすべっている。

下を向いた双乳の乳首は赤く色づき、乳輪とともに三角に尖《とが》っていた。

（おぉ、たまらん！）

もう少し、彩菜のフェラチオを味わいたかった。彩菜ならもっとできるだろう。

だが、亮介のほうが待てなかった。

「入れたくなった。きみが上になってくれ」

そう言うと、彩菜はちゅるっと吐き出して、まだまだしゃぶり足らないという顔をした。

4

彩菜は亮介の下半身をまたいで、猛《たけ》りたつものをつかみ、沼地に導いた。

かるく腰を動かして、亀頭部をなすりつけると、慎重に沈み込んできた。切っ先が窮屈なとば口を突破して、ぐぐっと嵌《は》まり込んでいくと、

「うあっ……！」

低く呻いて、もっと欲しいとばかりに腰を落とし、切っ先を奥まで招き入れて、

「ぁあああ……！」

今度は甲高《かんだか》く喘いで、顔をのけぞらせた。

素晴らしい締めつけだった。

まだピストンもしていないのに、内部の潤んだ粘膜がざわざわしながら、亮介のイチモツをしっかりとつかみ、まとわりついてくる。

彩菜が腰を動かそうとしたとき、亮介は腰をつかんで、動きを止めた。

「しばらく、このままだ。腰をつかわないように。返事は？」

「はい……」

彩菜は顔を合わせるのが恥ずかしいのか、のけぞるようにして、じっと耐えている。

「ぁあああ、動きたい」

亮介をまっすぐに見て、大きなアーモンド形の目で訴えてくる。

「ダメだ。もう少し待ちなさい。あと、二十数え終わったら、動かしていいぞ」

彩菜はうなずいて、

「一、二、三、四、五、六……」

と、実際に口に出して、数えはじめた。

十五を過ぎる頃には、腰がぶるぶる震えはじめた。それでも、必死に動くのを我慢している。そして、

「……十八、十九、二十」

と、数え終えた直後に、激しく腰を前後に振りはじめた。

両膝をぺたんとシーツに突いたまま、腰を揺すって、そぼ濡れた狭間を擦りつけた。

「ぁあああ、止まらない……止められないんです……ぁあああ、見てはいや」

そう言いながら、彩菜はぐいん、ぐいんと大きく腰をつかう。

やがて、両膝を立てて、M字に開き、後ろにのけぞった。

その姿勢で、腰を前後に揺すったので、自分の肉柱が薄い翳りの底に、埋まっていくのが、目に飛び込んでくる。

「ぁあああ……見ないでください。ぁあああ、はぅぅぅ」

口ではそう言いながらも、彩菜の腰づかいは激しさを増していった。そのたびに、蜜まみれのイチモツがじゅぶじゅぶと花園の底に嵌まり込み、すぐにまた出てくるのがよく見える。

スレンダーだが、出るべきところは出たメリハリのある身体をしていた。

細い割りにはたわわな乳房の頂上で乳首がツンと上を向いている。その向こうに、のけぞった彩菜のととのった顔が見える。

彩菜が上体を起こした。そして、M字開脚した姿勢で、腰を上下に振りはじめた。まるで、スクワットでもするように腰を振りあげて、上から強く落とし込んでくる。

そのたびに、乾いた音とともに尻がぶち当たり、亮介の分身も勢いよく、体内に突き刺さっていき、

「あんっ、あんっ、あんっ……」

彩菜は華やかな喘ぎ声をスタッカートさせる。

工場労働者だったので、肉体的にも強靱《きようじん》なのだろう。彩菜は何度もスクワットを繰り返し、深く刺さった状態で、ぐりん、ぐりんと大きく腰をグラインドさせる。髪を振り乱して、

「ぁあああ、気持ちいい……気持ちいい」

と、口走り、また腰を縦につかう。

亮介はそんな彩菜を言葉でなぶりたくなって、訊いた。

「松島さんにも、こうやって腰を振っていたんだね……答えなさい！」

強い口調で問うと、

「はい……鴻一郎さんはだんだん自分で動くのがつらくなって……最後のほうでは、わたしが上になって動いていました。鴻一郎さんは幸せそうな顔をしていました」

「そうか……」

「最初は戸惑いもあったんですが、だんだん慣れてきて……どんどん気持ち良くなって、上で腰を振りながらイキました。鴻一郎さんは、そんなわたしをうれしそうに見ていました」

「そうか……社長さんにしたのと同じことを、やってくれないか？」

「でも……」

「やりなさい」

「はい……」

彩菜は挿入したままゆっくりと時計回りにまわっていく。つながっているペニスを軸にして、少しずつ、時計の針が時を刻《きざ》むように動く。

彩菜はいったん真横を向いて、それから、またまわりはじめ、背中を向ける形で動きを止めた。

（そうか、いつも、こうやって体位を変えていたんだな）

若い女性が、初老にさしかかった社長の上になり、激しく腰をつかって昇りつめていくシーンを思い描く……。

鴻一郎を知っているだけに、二人が身体を合わせている様子がありありと目に浮かんだ。

背中を向けた彩菜が、ゆっくりと腰を振りはじめた。

大きな尻をこちらに向けて突き出すようにして、ぐいっ、ぐいっと前に引き絞る。そのたびに、自分のイチモツが尻たぶの底に出入りする様子がよく見える。

「気持ちいいよ、すごく……締まってくる」

言うと、彩菜はM字開脚して、尻を叩きつけてくる。パチン、パチンと乾いた音がして、

「あっ……あっ……あっ……」

と、声をスタッカートさせる。

さっきより戸惑いがなくなり、その分、動きが激しくなっている。

亮介が懸命に射精をこらえていると、彩菜が前に屈んだ。

上体を腰からぐっと折り曲げたので、尻があらわになって、結合部分もよりは

っきりと見える。

大きな尻たぶの底に、自分のイチモツが嵌まり込んでいて、彩菜が腰を上下動させるたびに、イチモツが見え隠れする。

そのとき、彩菜がさらに深く前屈した。次の瞬間、向こう脛《ずね》に何かが這ってい
くぬらりとした感触が走った。

「くっ……！」

ぞわりとした快感に横から見ると、彩菜が亮介の脛を舐めているのだった。

彩菜は膝の方から足首へと舌を走らせる。なめらかで柔らかな感触の舌が向こう脛を這うと、ぞわぞわっとした快美の電流が走った。

「ああ、気持ちいいよ。知らなかった。脛がこんなに気持ちいいとは」

思わず言うと、

「鴻一郎さんもそうおっしゃっていました。そんなに気持ちいいですか？」

「ああ、すごく……」

言うと、彩菜はまた脛を舐めてくる。今度は、乳房も太腿に擦りつけてきた。

硬い乳首の感触がわかる。そして、量感あふれる胸のふくらみも……。

亮介はうねりあがる快美のなかで、こちらに向かって突き出されている尻から

目を離せなかった。

発達した双臀《そうでん》の谷間に、排泄《はいせつ》の穴が見える。セピア色で皺《しわ》が中心に向かって集まっている。

それはどこか生々しく異形だが、窄《すぼ》まりの形が愛らしい。

その下で、肉びらの狭間にイチモツが嵌まり込み、出入りを繰り返す。

身体的な快感よりも、彩菜のような女が羞恥の源《みなもと》をさらしてまで、自分のためにこれほど尽くしてくれているという、精神的な昂りのほうが大きかった。

おそらく、鴻一郎はもっとそれを感じていただろう。何しろ、三十七歳も若い女が身体をなげうって、ご奉仕してくれていたのだ。

彩菜は向こう脛を舐め終えると、上体を斜めに立てた。

そして、腰を行き来させて、怒張《どちょう》をみずからの体内に招き入れる。

「ぁあああ、あああ……気持ちいい、気持ちいいんです」

うっとりとして言う。

こうなると、亮介もそのお返しをしたくなる。セックスも他の行為と同じで、基本的にギブアンドテイクだ。

亮介はつながったまま、体を起こし、バックの体位を取る。

彩菜はベッドに四つん這いになって、柔軟な背中を弓なりに反《そ》らしている。広めの肩からウエストにかけてくびれ、細腰から豊かなヒップがバーンと張り出している。

くびれたウエストをつかみ寄せて、じっくりと抜き差しをする。いきりたちがゆっくりと媚肉の口をうがち、出入りしながら、カリで肉襞《にくひだ》を擦りあげて、

「ぁあああ、気持ちいいです……ぁあああ、ゴメンなさい……」

彩菜が謝ったのは、自分から腰を動かしたからだ。

スローピッチのストロークに焦《じ》れたのか、全身を前後に往復させて、屹立《きつりつ》を深いところに導こうとする。

「松島さんと別れてから、ここが寂しかったんだね。ほんとうのことを言いなさい」

「ああ、そうです。ずっと寂しかった。ぁああ、ください！」

彩菜がぐいと尻を突き出して、右手を後ろに差し出してきた。

こうしてほしいのだろうと、その腕をつかんで、後ろに引っ張った。彩菜の上体が持ちあがり、その格好で突くと、深々と嵌まり込んでいき、

「はうぅ……！」

彩菜の顔が撥《は》ねあがった。

右腕を後ろに引いたまま、ぐいぐいとえぐり込んでいく。

「くぅぅ……あんっ、あんっ、あんっ……」

彩菜は華やかな声をあげて、顔を上げ下げする。

亮介はもっと彩菜を攻めたくなった。

「こっちの手も……」

左腕も後ろに引っ張った。

彩菜は両腕をつかまれて後ろに引かれ、半身を起こす。

亮介は後ろに体重をかけ、彩菜を引っ張りあげるようにして、後ろから突き上げていく。

いきりたちが、ずりゅっ、ずりゅっと彩菜の体内を押し広げていき、奥まで届いて、

「あっ……あっ……あんっ……！」

彩菜が揺れながら、艶《なま》めかしい声をあげる。

ストレートロングのさらさらの黒髪が躍り、乳房も揺れる。

亮介は放ちたくなった。どうせなら、きっちりと向かい合って、彩菜が気を遣《や》

るところを見ながら、射精したい。

腕を片方ずつ放して、彩菜を仰向けにさせる。

彩菜はぐったりして、息を弾《はず》ませている。色白の肌のところどころが朱《しゅ》に染まって、乳房は汗ばみ、乳首がツンと上を向いていた。

足はすらりとしていて、長い。

その足をつかんで持ちあげ、膝裏に両手を添えて、ぐいと開きながら、押し上げた。

「ぁあああ……！」

足を開かされた彩菜は、羞恥の表情を見せて、顔をそむける。

その所作《しよさ》や表情が、亮介をかきたてた。

猛りたつものを埋め込んでいくと、熱く滾《たぎ》った粘膜が包み込んできて、

「はうぅぅ……！」

彩菜が顎を突きあげる。

亮介は上体を立てて膝裏をつかみ、押し込んでいく。彩菜はすでに昇りつめようとしている。亮介も射精の兆《きざ》しを感じていた。

だが、ここは彩菜をイカせたい。

膝裏をつかんで押しつけ、ぐいぐいとえぐり込んだ。

「あんっ、あんっ、あんっ……！」

彩菜は大きく顔をのけぞらせて、両手でシーツをつかみ、形のいい乳房を縦揺れさせる。

ストレートの黒髪が顔にかかって、枕にも散っている。

すっきりした眉を八の字に折り、顎をせりあげていた彩菜の様子が逼迫してきた。

「ぁあああ、いい……いいんです……もっと、もっと強くして！　わたしを壊して……壊してください」

顔を持ちあげて、亮介を見た。

うっすらと涙の膜がかかり、とろんとした、潤んだ瞳がたまらない。

（こんな表情をされたら、男は放っておけなくなる）

亮介はすらりとした足を肩にかけて、ぐっと前傾した。

さらに体重をかけて前に屈み、両手をシーツに突いた。

「ぁあああう……！」

彩菜が苦しそうに喘いだ。

八頭身が腰のところで折れ曲がって、亮介の顔の下に彩菜の眉根を寄せた顔がある。

大きく屈曲し、体重を乗せられて、彩菜はそうとう苦しいだろう。だが、その代わりに亮介の勃起は、これ以上は無理というところまで、奥に突き刺さっている。

亮介が知る限りでは、この体勢がもっとも深く結合できるはずだ。亀頭部が子宮口に届いているのがわかる。

亮介はのしかかるようにして、腰を打ちおろしていく。

ぐさっ、ぐさっと肉の凶器が彩菜の体内を深々と押し開いていき、

「ぁあああ……！」

彩菜はいっぱいに口を開いて、苦痛とも快感とも判別できない声をあげる。

（いい表情をする。社長もこの顔が見たかったんだろうな……）

亮介は上から打ちおろし、途中からしゃくりあげるように腰をつかう。こうすると、亀頭部が膣《ちつ》の上側を擦りあげながら、奥へとすべり込んでいき、男も女も快感が増す。

突き入れて、しゃくりあげる行為を繰り返していると、いよいよ、彩菜の様子

がさせまってきた。

両手を開いて、シーツを皺《しわ》になるほどに強く握りしめ、上へ上へとずりあがりそうになるのをこらえながら、

「あんっ、あんっ、あんっ……ぁあああああ、イキます。メチャクチャにしてください。わたしをメチャクチャに……ぁあああああ！」

顎をせりあげた。

亮介も快感がすでに限界に達しようとしていた。

「彩菜さん、いいですよ。イキなさい。俺を松島さんだと思って」

「ああ、鴻一郎さん……イカせて。彩菜をイカせてください」

彩菜が潤んだ瞳を向けて、哀願してくる。その瞬間、亮介は鴻一郎になったつもりで、つづけざまに打ち据《す》えた。

「あんっ、あんっ、あんっ……もうダメっ……ぁあああああ、イキます。イク、イク、イッちゃう……！」

「イクんだ」

満身の力をこめて、ひときわ強く打ち込むと、

「イク、イク、イキます……いやぁあああああああ！」

彩菜は嬌声《きょうせい》を噴き上げて、上体をのけぞらせ、それから、がくん、がくんと躍りあがった。

駄目押しとばかりに打ち込んだとき、亮介も女体の奥深くへ、大量の精液を放っていた。

第四章　果てしない欲望

1

翌日、愛川亮介は修善寺に向かった。

河津から国道を北上して県道に入れば、一時間もかからずに、修善寺に到着する。

ここでは、井藤小夜子が温泉旅館の仲居頭《なかいがしら》をしている。

事前に連絡を取り、取材の許可は取っている。だが、井藤小夜子はすでに四十二歳。結婚して五歳の娘もいる。

正直言って、亮介が彼女を抱くのは難しいのではないかと思っていた。

だが、まずは取材して、小夜子の人となりを知りたい。そうでなければ、彼女の濡れ場など書けない。

山野彩菜とは肌を重ねて、いろいろとわかった。彼女と松島鴻一郎の濡れ場は書ける。そういう自信があった。

小夜子が仲居頭をしているT旅館は、桂川《かつらがわ》のほとりにあり、隠れ家的な宿である。

全室が離れの造りとなっていて、客は一日九組しか取らない。

その分、宿泊料金は高い。ただ、これは必要経費として、松島鴻一郎が出してくれるので、助かった。自分ではまず払えないだろう。

修善寺駅から車で十分ほどで到着した。

フロントでチェックインを済ませて、離れに向かおうとしたとき、利休色《りきゅういろ》の和服に臙脂《えんじ》の帯を身につけた女性が近づいてきた。

髪をアップにした丸顔の小柄な女性で、やさしい笑みをたたえている。

彼女が井藤小夜子であることは、写真を見ているからすぐにわかった。

四十二歳になっても、若々しく、十年前の写真とそう変わっていなかった。

「愛川さま、ご案内いたしますね」

亮介の前に立ち、庭を歩いていく。

結《ゆ》った髪からうなじが見える。楚々《そそ》とした襟足《えりあし》が男心をかきたてる。小紋《こもん》に包まれたヒップの動きは肉感的で、着物の裾《すそ》からのぞく白足袋《しろたび》も悩ましい。

官能的な後ろ姿を見ながら、鴻一郎から聞いた井藤小夜子との経緯《いきさつ》を思い出していた。

十年前、鴻一郎が五十六歳のとき、仕事も夫婦関係も危機を迎えていた。新たな工場を作ったものの、需要が伸びず、赤字がつづいた。自分の方針が間違っていたのではないかと疑心暗鬼になった。

そのストレスが原因で、ついつい妻につらくあたってしまい、セックスレスもあり、夫婦の関係は最悪だったらしい。

そんなとき、事務所の近くの食堂で働いていた井藤小夜子に恋をした。

小夜子は独身の三十二歳。上京して、小さな会社のＯＬをしていたが、会社が倒産して、食堂で給仕の仕事をしていた。

当時、苦しい境遇の鴻一郎だったが、小夜子はいつも明るく接してくれた。その屈託のない笑顔を見ると、悩みも不安も吹き飛んだ。

毎日のようにランチを食べにいくうちに、好意を持つようになり、偶然が重なったこともあって、小夜子を抱いた。

小夜子は性格的に素直で明るかったが、それ以上に、セックスがすさまじかったという。

『一夜にして、あのセックスの虜《とりこ》になった。実際に抱いてみればわかるよ。あんなに激しいセックスはしたことがなかった。彼女は何度もイク。果てしなくイキつづける。あんなセックスは初めてだった。それでいて、日常では明るく、にこやかで、よく気がつく。料理も上手だし、女房にしたいタイプだ。現に、俺は妻との離婚を考えた。ただ、考えただけではなく、実際に離婚を切り出した。しかし、妻がイエスと言ってくれなかった。調停も考えたが、そこですったもんだしているときに、小夜子が自分から身を引いたんだ。自分のせいで、我々夫婦が破《は》綻《たん》していくのを、見ていられなかったのだろう。急に食堂を辞めて、しばらく連絡がつかなかった。夫婦のいざこざがおさまるのを待っていたようだ。一年後に、ようやく連絡が取れたんだが、そのときはすでに夫婦の仲は回復していた。だが、俺のなかではいまだに小夜子への執着《しゅうちゃく》があるんだ』

鴻一郎はそう語っていた。

そして、小夜子はその後、旅館の出入り業者の男性と結婚し、三十七歳で子供を生み、その娘は五歳になっているという。

(後ろ姿も若いな。四十路《よそじ》を越えているとは思えない)

亮介は小夜子の後ろを歩きながら、身軽な動きに若さを感じた。仲居頭として日頃からてきぱきと働いているからだろう。

　案内された離れは平屋の一軒家、なかは和モダンの雰囲気で、庭には広々とした半露天風呂が湯けむりをあげていた。

「いい部屋ですね。自分ではとてもこんなに高級な部屋は取れません」

　亮介が言うと、

「松島さまがすでにお払いになっていますので、ご安心ください」

　小夜子が微笑《ほほえ》む。

　とても感じがいい話し方だ。

　口許に刻《きざ》まれた微笑と亮介を見る目が、艶《なま》めかしさをたたえている。その余裕のある佇《たたず》まいが、十年前の明るさが際立っていた小夜子とは一味違う。これも成熟したということだろう。

「では、松島さんから、だいたいのことはお聞きになっているんですね？」

「はい、うかがっています」

「取材をさせていただけるんですか？」

「はい……今夜、わたしは十時であがりますので、それ以降にこちらにうかがいます。それでよろしいですか？」

「はい、充分です」

部屋を出る前に、振り返って訊《き》いてきた。

「何かご不明な点はありませんか？」

「今のところないです」

「では……ごゆっくりなさってください。失礼いたします」

小夜子がおじぎをして出ていった。

想像していたより落ちついていて、妙な色気もあった。いわゆる、男好きがする女というやつだ。かつては明るさが取り柄《とえ》だったのだろうが、いろいろあって変わったのだろう。

(仮に抱けたとして、閨《ねや》の床でどんな乱れ方をするのだろうか？)

そんな思いを抱きながらも、まだ夕食まで時間があったので、近くの観光を愉《たの》しむことにした。

朱塗《しゅぬ》りの桂橋から、瀧下橋《たきしたばし》までの桂川に沿った散歩道をぶらぶらと歩く。石畳の左右には竹林があって、清流の音と笹の葉の擦《こす》れる音が、かすかに聞こえる。京都嵐山《あらしやま》の竹林もそうだが、竹にはそのまわりの空気を清浄していく効果があるのだろうか……。亮介は、両手を挙げて深呼吸をした。

その後、修善寺の石段を昇って参拝し、温泉街へと戻ってきて、独鈷《とっこ》の湯《ゆ》でひと休みした。

修善寺の魅力は、桂川と、川に架かる朱塗りの欄干の橋が織りなす景観だと思う。歴史のある建物も多く、鎌倉時代の名残《なごり》があるようにも感じる。

ちなみに、桂川というのは通称で、正しくは修善寺川と言うらしい。

のんびりと散歩を愉しみ、旅館に戻って、離れの半露天風呂につかった。

一戸建ての離れだから、周りを気にする必要がなく、ひとりの空間を保てる。

ここで、小夜子と露天風呂セックスができれば、最高なのだが……。

鴻一郎も温泉は大好きだと言っていたから、小夜子とこの部屋で情事を交わし、露天風呂でも……というストーリー展開は、彼も喜ぶだろう。

ひとりのために書くのは、反応がわかるから怖いが、やり甲斐《がい》はある。

一般読者という曖昧《あいまい》な存在に向かって書くのではなく、特定の誰かのために書くのは焦点が絞れて、ある意味書きやすい。

浴衣《ゆかた》に半纏《はんてん》をはおって、食事処で趣向を凝《こ》らした料理をいただき、離れに帰って休んだ。

十時前に目が覚めて、和モダンの部屋のソファに座っていると、インターフォンが呼び出し音を立てた。

入るように言うと、すぐに、井藤小夜子が現れた。

仕事は終わったはずだが、いまだに利休色の無地の着物に臙脂色の帯という仲居の制服を身につけていた。

そして、お盆には、三合徳利《とつくり》とぐい呑《の》みが載っていた。

和室の座卓の置かれた部屋に移動すると、

「これは、サービスね……ほんとうは、わたしが呑みたいんです。いつも、お仕事の後の一杯が愉しみで……」

そう微笑みながら、お酌《しやく》をする。

仕事モードから解放されたせいか、今の小夜子は砕けた様子で、その隙のある陽気な態度が、相手をリラックスさせる。

小夜子は座椅子に胡座《あぐら》をかいた亮介にお酌をする。それを受けて、亮介も小夜子のぐい呑みに温燗《ぬるかん》を注《つ》ぐ。

二人は杯《さかずき》を合わせて、亮介は舐《な》めるように呑む。小夜子はぐいっと一気呑みする。

呑みっぷりがいい。これも、鴻一郎が惚れた理由のひとつなのだろう。

亮介がまたぐい呑みを満たすと、「ありがとうございます」と言いながらも、また一気に酒を呷《あお》る。

あまりの呑みっぷりのよさを思うと、これはたんに酒が好きなだけではない、と感じた。

つまり、酔いたがっているのだ。

その理由を想像すると、体の底にうごめくものがあった。

酒を酌《く》み交わしながら、訊いた。

「お子さんは大丈夫ですか？」

「はい……今夜は主人に見てもらっていますから」

「そうですか……それなら、ゆっくりとできますね」

「はい……今夜はそのつもりで来ました」

そのつもりというのは、抱かれてもよいということだろうか——。

「松島さんからは、どう聞いていますか？」

「いろいろとお話をしてから、抱かれなさい……ご自分とわたしとのことを小説にしてほしいから、そのために抱かれてくれとおっしゃっていました」

「それを、了解していただけたんですね」

「はい……わたしは、鴻一郎さんに何かとお世話になりましたから……会社を辞めて、初めて連絡したときも、決まった職についていないと言ったら、ここを紹介してもらったんですよ。それに、結婚するときも、普通では考えられないような額の御祝儀をいただきました。だから、わたしは鴻一郎さんには恩義しかないんです。あのときも、わたしのほうから身を引いてしまったので……とても耐えられなかったんです。あのご夫婦がわたしのせいで、お互いを悪《あ》しざまに罵《ののし》りあうのが……」

小夜子が押し黙った。

亮介には、小夜子の気持ちが痛いほどにわかる。そして、いまだに鴻一郎のことを信頼し、敬愛していることも容易に察《さっ》せられた。

「ゴメンなさい。空気が重くなりましたね。せっかく、ここに泊まられたんですから、部屋付き露天に入りませんか。ここはとくにいいですよ。お背中をお流ししますね。どうぞ」

「いや、そこまでしていただくのは……」

「大丈夫ですよ。先に入っていてください。わたしもすぐに行きますから」

そう言って、小夜子は後ろを向いて、帯を解きはじめる。

亮介も急いで裸になって、庭に出ていく。

かけ湯をして、湯船につかった。

四人くらいは入れる大理石の大きな浴槽が湯けむりをあげていて、上には屋根が張り出している。

庭には柵があって、外からは見えない。

2

洗い場で、小夜子が亮介の背中を洗ってくれた。

石鹸にまみれたタオルが肩から背中へとすべると、コリがほぐれていくような心地よさが湧《わ》きあがり、陶酔感《とうすいかん》が押し寄せてくる。

「やはり、男の人の背中は逞《たくま》しいですね」

小夜子が言う。

「いや、俺なんか……松島社長の背中のほうがひろくて、逞しかったでしょ？」

「そうですね。機械工ですから、背中はひろかったですね」

そう言って、小夜子はタオルを背中から脇腹へ、さらに、股間へとすべらせ、イチモツを洗ってくる。

小夜子のむっちりとした色白の裸体を目にして、分身はすでに頭を擡《もた》げていた。それを、石鹸まみれの手指で、じかにちゅるちゅると擦られると、一気にギンとしてしまう。

「あっという間に、カチカチですね」

「すみません」

「いいんですよ。わたしも最近ご無沙汰ですから……」

「セックスレスなんですか？」

「ええ……主人が業務拡張で、今、忙しくて……」

「それは大変ですね。でも、仕事がひろがるんですから、いいことですよ」

「そうね……子供もまだ五歳ですから、頑張ってもらわないとね」

小夜子は言いながら、指をからませてきた。石鹸まみれのぬるぬるした指で肉柱を握り、ゆるゆるとしごいてくる。

「気持ちいいですか？」

後ろから、訊いてくる。

「はい、すごく……」

そう答えながらも、亮介は驚いていた。

小夜子は直前まで夫や子供の話をしていた。それなのに、ためらうことなく、平然と愛撫《あいぶ》を繰り出してくる。

驚きはしたが、呆《あき》れているのではない。むしろ、感心している。

小夜子はカランのお湯をかけて、石鹸を洗い流した。

それから、二人はお湯につかる。

簾《すだれ》で囲まれていて、周りからは見えないが、囲いの上には満天の星が見えていた。すぐ下を走る桂川のせせらぎも聞こえてくる。

小夜子は前に座り、後ろに手をまわして、亮介の勃起《ぼっき》をお湯のなかでつかんだ。

亮介は両手を前にまわして、乳房をとらえる。

お椀を伏せたようなたわわな乳房は、指が柔らかく沈み込み、揉《も》むほどに指にまとわりついてくる。

中指で突起を押さえながら、捏《こ》ねると、

「んっ……んっ……！」

小夜子は喘《あえ》ぎながら、後ろ手に肉柱をぎゅっと握る。

アップにした黒髪からのぞく襟足に息を吹きかけ、舐《な》める。そうしながら、乳首を捏ねた。

すると、乳首はすでにカチンカチンに勃起して、それを指の腹でつまんで転がすと、

「ぁああ、いい……」

小夜子が背中を凭《もた》せかけてくる。

「こちらを向いてください」

言うと、小夜子はゆっくりと振り返り、亮介と向かい合う形でしゃがみ込んできた。

小顔だが丸くて、くっきりした顔だちをしている。美貌のうえ、愛らしい。芸《げい》妓《ぎ》や舞妓《まいこ》が似合いそうな顔だ。

その顔が上気して、色白の首すじや肩がところどころ桜色に染まっていて、乳房の頂上も赤く色づいている。

視線が合うと、小夜子は自分から唇を合わせてきた。

慎重なキスが、すぐに激しくなり、唇を舐め、舌を吸いあう。さらに、小夜子は舌をからませながら、亮介を抱きしめる。

甘く鼻を鳴らし、情熱的に舌をからませ、吸う。

それだけで、小夜子がいかに奥に激しい情欲を秘めているのかがわかる。

亮介はキスをやめて、乳首を舐める。

小夜子は亮介の肩に手を置いて、のけぞりながら、胸のふくらみを突き出すようにして、

「ぁああん、感じます……上手だわ。先生、お上手……ぁあああ、これが……」

と、お湯のなかで、勃起を握って、

「このカチンカチンが欲しい……」

亮介を見る目がとろんとして潤《うる》んでいる。

「先生がここに来ると決まってから、心待ちにしていたんですよ。鴻一郎さんに言われて、先生のいやらしい小説も読んだわ」

「……どうでした？」

おずおずと訊いた。

「ふふっ、すごく昂奮したわ。わたし、先生と相性がいいんだと思った。セックスの好き嫌いって、相性でしょ？」

「そう思います。これればかりは、どうしようもない」

「ああ、ねえ、もっと吸って……荒々しく揉みしだいてちょうだい」

小夜子がせがんでくる。

「鴻一郎さんも言ってたけど、激しいセックスが好きなんだね？」

「ええ……激しくないと、感じないんですよ」

それならば、と亮介はお湯で火照《ほて》っている乳房を揉みあげながら、乳首を舐め、吸う。上下左右に舌を這《は》わせると、

「あうぅぅ……！」

小夜子は大きく顔をのけぞらせる。

そして、左右の太腿《ふともも》の真ん中にある肉柱に、恥丘《ちきゅう》を押しつけてきた。

やがて、右手をおろしていき、お湯のなかで猛《たけ》りたつものをぐっと繊毛《せんもう》の丘に押しつけ、腰を振る。

亮介は左右の乳首に吸いつき、甘嚙《あまが》みしながら吐き出す。

「あああ……」

小夜子は長く喘《あえ》ぎを伸ばして、

「ゴメンなさい。聞こえるわね」

片手を口に当てて、喘ぎを封じ込める。

亮介はここぞとばかりに、乳首を舐め転がし、吸い、弾《はじ》く。そうしながら、も

う片方の乳房を揉みあげ、頂上の突起を指でいじる。

それを繰り返していると、小夜子は腰をもどかしそうに揺すって、

「ぁあああ、我慢できない。ちょうだい。これをちょうだい」

お湯のなかで、肉柱を握りしごく。

「いいですよ。ご自分で入れてください」

けしかけると、小夜子がお湯のなかで腰をあげ、いきりたちを握って導き、擦りつけた。

それから、ゆっくりと沈み込んでくる。

屹立《きつりつ》がお湯より熱く感じる滾《たぎ》りを押し広げていって、

「ああうぅ……」

小夜子が顔を撥《は》ねあげた。

すぐに、腰を振ろうとするのを、腰をつかんで押しとどめる。すると、小夜子は焦《じ》れてきたのか、怪訝《けげん》そうに言った。

「どうして、こんなことをするの？」

「三十秒ルールと言ってね、挿入《そうにゅう》して三十秒は動きを止めて、待つんだ。そうすると、膣《ちつ》が勝手におチンチンにへばりついてくる。隙間がなくなってからピス

トンすると、男も女も気持ちいいんだ」

「知らなったわ」

「騙《だま》されたと思って、やってごらん。もっともっと、感じるようになるから……そうら、粘膜がおチンチンにからみついてきた。もう大丈夫だ」

許可を与えると、小夜子が腰を振りはじめた。

亮介の肩につかまったまま、のけぞるように媚肉《びにく》を擦りつけて、

「ぁあああ、ほんとうだわ。先生のおチンチンを感じる。形や硬さも、すごくよくわかる。ぁあああ、はうぅぅ」

小夜子は上体を反《そ》らせて、腰を前後に擦りつけてくる。

「ぁああ、恥《は》ずかしい……先生、恥ずかしいわ」

そう口では言いながらも、腰を上下動させる。ついには、上下動と前後の動きを交えて、

「あん、あん、あんっ……ぁあああ、先生、もうイキそう……」

小夜子が訴えてくる。やはり、鴻一郎が言っていたように、小夜子は一度のセックで何度も気を遣《や》ることができるのだろう。

「いいよ、イッて……」

「はい……ぁああ、もうイッちゃう……イクイク、イキます……ぁあああぁぁぁぁぁぁぁ……！」

小夜子はのけぞりながら、亮介にしがみついてきた。

がくん、がくんと震えている。

膣も肉棹《にくざお》を締めつけてくる。

小夜子はしばらくぐったりしていたが、夢から覚めたように亮介を見て、また腰を振りはじめた。

「もっと欲しいんだね？」

「ええ……欲しい。動いて……」

小夜子がぼうっとした目を向けてくる。

亮介は小夜子を立たせて、湯船の縁《へり》につかまらせ、腰を後ろに突き出させる。

適度な肉付きの裸身が熟女の色気をむんむんとさせている。

尻も大きく、肉感的で、とにかく色が白い。

そぼ濡れた漆黒《しっこく》の翳《かげ》りからはお湯がしたたり、ぽたっ、ぽたっと、湯けむりをあげるお湯の表面に落ちて、小さな波紋をひろげる。

尻たぶの底で、ふっくらとした小夜子の肉割れが、生きているアワビのようにうごめいていた。そして、奥には赤くぬめる粘膜が光っている。

屹立の頭部で狭間《はざま》を撫《な》であげると、

「ぁあああ……欲しい。ちょうだい。ください……」

小夜子がくなり、くなりと尻を振って、誘ってくる。

切っ先を押し当てて、ゆっくりと突き出していく。亀頭部《きとうぶ》が窮屈な道を押し広げていって、

「ぁあああ……深いわ」

小夜子はみずからも腰を突き出して、迎え入れる。

亮介はわざと静止状態を保った。すると、焦《じ》れたのか、小夜子が腰を振りはじめた。

大理石の縁につかまりながら、裸身を前後に揺すって、屹立を体内に迎え入れ、擦りあげて、

「ぁあああ、気持ちいい……突いて。突いてください……お願い。焦らさないで……お願い……イカせてください」

小夜子がせがんでくる。

「手を後ろに……」

小夜子が、片手ずつ後ろに差し出して亮介につかませる。両腕を握られ、上体を斜めにした格好で、亮介に後ろから突きあげられて、

「ぁああ、すごい……ぁああ、気持ちいい！」

小夜子はのけぞりながら、心から感じている声をあげる。

亮介は一気に抽送《ちゆうそう》を速めた。深いところに打ち込んで、奥に届かせる。それから、ぎりぎりまで引いて、叩き込む。

「あんっ、あんっ、あんっ……！」

小夜子は甲高《かんだか》い喘ぎを響かせて、顔を上げ下げする。

パチン、パチンと下腹部と尻が当たる音が響き、亮介はさらに打ち込みを加速させる。破裂音と喘ぎが庭にひろがっていく。

離れだから、できることだ。

亮介も追い込まれた。だが、正直言って、ここでは放ちたくない。おそらく、小夜子にとって、この露天風呂セックスはまだ助走でしかない。

射精しないように調節しながらも、腰を叩きつけた。お湯がちゃぷちゃぷと波打ち、湯けむりが舞いあがって、揺れる。

夜空には無数の星が散らばっている。

「あんっ、あんっ、あんっ……イク、イク、また、イキます……！」

小夜子がぶるぶる震えはじめた。

亮介が打ち込みを一気に加速したとき、

「イクぅ……！」

小夜子は大きくのけぞり、がくん、がくんと躍りあがった。亮介が片方ずつ腕を放すと、小夜子は力尽きたように湯船にしゃがみこんだ。

3

セミダブルのベッドの上で、亮介は小夜子の裸身を愛撫していた。

美肌の湯につかった肌はすべすべで、きめ細かい肌を指や舌が這うたびに、

「んっ……んっ……！」

小夜子はびくん、びくんと跳ねる。

黒髪は解かれて、長い髪が枕に扇のように散り、色白の肌はところどころ桜色に上気している。

そして、白さが際立つ乳房は頂上が三角にせりだしていて、赤く色づいた乳首がツンと上を向いている。

その突起を口に含んで、転がした。強く吸うと、

「ぁあああぁぁあうぅぅ」

小夜子は喘ぎ声を手の甲を嚙んで押し殺し、のけぞった。

さらに、乳首を舐めしゃぶり、揉みしだいた。

「ぁあああ、気持ちいい……ぁあうぅぅ」

小夜子はどうしていいのかわからないといった様子で、両手を頭上にあげ、枕をつかみ、顎《あご》をせりあげる。

さらに、反対側の乳首を吸い、舐め転がしながら、もう片方の乳房を荒々しく揉みしだくと、

「ぁあああ、ぁああああ……」

小夜子は後ろ手に枕をつかみ、乳房や腋《わき》の下をあらわにして、のけぞった。

見ると、下腹部ももの欲しそうにせりあがっている。

びっしりと密生した繊毛が台形に繁茂《はんも》して、その翳りがぐいぐい持ちあがる。

「ああ、ちょうだい。先生、また、欲しくなった。ちょうだい」

小夜子は右手で勃起《ぼっき》をつかんだ。

「その前に、しゃぶってもらいましょうか」

「じゃあ、立ってください」

「立つんですか？」

「はい……」

亮介はベッドに立ちあがった。すると、小夜子は前に来て、正座の姿勢から腰を持ちあげ、猛りたつものをつかんだ。

下から、ツーッと舐めあげてきて、亀頭部から頬張り、ゆっくりと顔を打ち振った。その間、右手は睾丸《こうがん》までおりて、皺袋《しわぶくろ》ごとキンタマをあやしてくる。

そうしながら、ゆっくりと唇をすべらせて、根元まで咥《くわ》え込み、なかで舌をからめてきた。

それから、また顔を打ち振って、ストロークをする。

唇も舌もまったりとからみついてきて、ひどく具合がいい。

鴻一郎は、小夜子と一度閨をともにしたら、またセックスしたくなると言っていた。その意味がわかった。まずは、このフェラチオだ。

小夜子は包皮小帯をちろちろと自在に舐めながら、じっと見あげてきた。

乱れ髪の隙間から覗《のぞ》く目が、涙ぐんだように潤んでおり、それでいて、一方では挑みかかる気配も感じられる。

小夜子は見あげたまま、裏すじに沿って、舌をおろしていき、そのまま睾丸まで舌を届かせる。

股ぐらに潜り込むようにして、睾丸を舐めあげてくる。幾重《いくえ》もの皺をひろげるようにして、丹念《たんねん》に舌を走らせる。そうしながら、肉棹を握り込んで、リズミカルにしごいてくる。

その捨て身の愛撫が、男の支配欲を満たすのだ。

そのとき、亮介の片方の睾丸がなくなったように見えた。小夜子の小さな口のなかに吸い込まれたのだ。そして、小夜子はキンタマを頬張りながらも、肉棹を握りしごいてくる。

（ああ、気持ちがいい……）

亮介は天を仰ぐ。

すると、小夜子の舌がさらに降りていった。

「ああ、そこは……！」

亮介はビクッとして、腰を引く。小夜子が睾丸の付け根から、肛門《こうもん》へとつづく蟻《あり》の門渡《とわた》りを舐めてきたのだ。もう少しで、肛門を舐められそうになって、亮介はあわてて腰を逃がした。

「そこは、いいよ」

言うと、小夜子は残念そうな顔をした。

会陰《えいん》から皺袋、さらに肉柱の裏すじを舐めあげ、上から亀頭部を頬張ってきた。

こぶりだが、ふっくらとした唇を肉柱の血管にからみつかせるようにして、ずりゅっ、ずりゅっと大きくしごいてくる。

口に吸盤でもついているのかと思うほどに、吸いついてくる。

ちょうどいい圧力とスピードで行き来されると、分身は信じられないほどにエレクトして、快感が高まる。

すると、小夜子はそれを察知したかのように右手で根元を握った。しなやかな指をからませて、ゆったりとしごき、徐々にピッチをあげる。

「くっ……！」

ギンギンの分身を巧みに擦られると、快感が充溢《じゅういつ》してきて、放ちかけた。それをぐっとこらえる。

小夜子が亀頭冠《きとうかん》を頬張ってきた。

指と同じリズムで唇と舌を引っかけるように亀頭冠を擦ってくる。

小夜子はぐいっ、ぐいっと包皮を引きおろし、そこから、搾《しぼ》りあげてくる。同時に、唇と舌で亀頭冠を素早く刺激してくる。

それ自体は、誰もがする行為だった。だが、小夜子はそれを早いピッチで、しかも、中断することなく、ずっとつづけてくるのだ。

これはもうテクニックを超えた次元だ。同じことを永遠に繰り返すことができる、その体力と執念と奉仕の力――。

「んっ、んっ、んっ……！」

と、連続してしごかれると、さすがに我慢できそうにもない。

亮介はとっさに腰を引いて、暴発から逃れた。

「危なかった」

思わず言って、微笑んでいる小夜子をベッドに仰向《あおむ》けに寝かせる。

きめ細かい色白の肌でありながら、むっちりとしている。小夜子は仰向けになり、両足を浮かせて開き、

「来て」

と、亮介を見た。

亮介は片方の膝裏をつかみ、押し開きながら、右手で屹立を導いた。

ふっくらとした土手高の周囲が雌《めす》の花を包み込んでいる。そして、中心は肉びらが鶏頭《けいとう》の花のように褶曲《しゅうきょく》し、内部の赤みがぬらぬらとして誘っていた。

(何て、いやらしいオマ×コだ)

いきりたっているものを押し込んでいく。

切っ先が蕩《とろ》けたような肉路をこじ開けて、奥へと潜り込んでいき、

「あうぅぅ……!」

小夜子が顔をのけぞらせて、両手で枕を後ろ手に握った。

もうこの段階では、三十秒ルールは要《い》らない。亮介は両膝を押さえつけて、豪快に打ち込んでいく。

ぐいっ、ぐいっ、ぐいっとえぐり込んでいくと、

「あっ……あっ……ぁあああぁぁ!」

小夜子は部屋中に響きわたるような声をあげて、のけぞった。

すると、膣肉《ちつにく》が収縮して、イチモツを食いしめてきた。

「おおぅ、くうぅぅ!」

亮介は奥歯を食いしばって、つづけざまに打ち込んでいく。

激しい音がして、小夜子は両手でシーツを鷲《わし》づかみにし、

「あんっ、あんっ、あんっ……ぁあああああ、ねえ、イクよ。また、イッちゃう！」

とろんとした目で訴えてくる。

「いいですよ。イッて……」

亮介は両膝の裏をつかみ、押し開きながら、渾身《こんしん》のストレートを連打する。深いところにイチモツが突き刺さっていき、小夜子の様子が逼迫《ひっぱく》してきた。

顎《あご》を高々と持ちあげ、顔を左右に振り、両手をどこに置いていいのかわからないといった様子で、シーツの様々なところをつかむ。

打ち込むたびに、たわわな乳房がぶるん、ぶるるんと揺れて、赤い乳首も縦揺れする。

小夜子の足指が反って、内側にたわむ。親指がそれ以上は無理というところまで反り返る。

息づかいも荒々しくなって、

「いや、いや、いや……イッちゃう。イッちゃう……いやぁあああああああああああぁぁぁぁ……いぐぅ！」

小夜子は大きく顎を突き上げ、のけぞった。

それから、揺り戻しがきたように、がくん、がくんと全身を揺すった。何度も痙攣《けいれん》してから、気絶したように動きを止めた。

4

亮介はまだ精を放っていない。

すでに、今夜だけで小夜子は三度気を遣《や》っている。だが、まだイケるだろう。小夜子を見ていると、もっとできる、もっとイカせられるという気持ちになる。

回復を待って、小夜子を上に乗せ、騎乗位の形を取らせた。すると、小夜子はみずから腰を振りはじめた。

両膝をぺたんと突いた格好で、腰を前後に振りたくって、

「ぁあああ、あああああ……また、また来るぅ」

加速度的に腰を振る速度をあげて、

「イクぅ……！」

上体をのけぞらせて、ほぼ垂直に立てた姿勢でがくん、がくんと躍りあがる。

早くも昇りつめたのだ。

しかし、小夜子は腰振りをやめない。両膝を立てて、M字開脚の姿勢で、激しく尻を打ちつけてくる。抜けるぎりぎりまであげた尻を振りおろし、そこから、振りあげる。

パチン、パチンと肌がぶつかる音がして、

「あんっ、あんっ、あんっ……！」

小夜子は喘ぎをスタッカートさせながら、激しく尻を打ち据《す》えてくる。そのたびに、亀頭部が小夜子の子宮口を直撃して、色白の肌に痙攣のさざ波が走る。

「ぁああ、ゴメンなさい。わたし、またイク……イッていいですか？」

小夜子が動きながら、許可を求めてくる。

「いいですよ。イキなさい」

言うと、小夜子は両手を亮介の胸板に突き、前屈みになって、腰を振りあげ、叩きつける。

杭打ち機のように連続して叩きつけて、

「あん、あん、あんっ……イキますぅ」

嬌声《きようせい》をあげた瞬間、亮介はイチモツを突き上げてやる。落ちてきた子宮口と亀頭部が激しくぶつかって、

「あひっ……」

小夜子が悲鳴に似た声をあげる。

いまだとばかりに、亮介は腰をつかんで引き寄せながら、つづけざまに突きあげた。

「あん、あん、あん、あんっ……イクぅ……！」

小夜子はぐーんと上体をのけぞらせ、それから、まるで自分が男になったように腰を前後に揺すった。

それから、どっと前に突っ伏してきた。

折り重なっている肌が汗ばんでいて、しっとりと濡れている。気を遣ると、汗が噴き出てくる女性が多い。小夜子もそのひとりだ。しかも、肌が全体に赤く染まっている。

亮介はいったん離れて、小夜子をベッドに這わせた。背中と腰を引き寄せて、つづけざまに腰をつかった。

ぐいぐいぐいとえぐりたてていくと、

「ぁああ、すごい……まだ、出していないの？」

「ああ……」

「突いて……もっと突いて……わたしを壊して！　ぁあああ、すごい。奥に当たっているの。ぁあああ、ねえ、わたし、またイクよ。先生もイッて。出してよ。先生のミルクを下の口で飲みたい……ぁあああ、出してよぉ」

小夜子はそう言いながら、ぐいっ、ぐいっと膣を締めつけてくる。

その締めつけと、内側へ吸い込まれるようなうごめきで、亮介もぐんと性感が高まった。だが、もっと小夜子をイカせたい。際限なく昇りつめさせたい。

奥歯を食いしばって、怒張《どちょう》を叩きつけたとき、

「ぁあ、先生……ぶって！　いけないわたしのお尻をぶって！」

小夜子がシーツを握りしめながら、せがんでくる。

亮介もその気になった。右手を振りあげて、片方の尻たぶを平手で叩いた。最初は鈍い音しかしない。だが、つづけざまに叩いているうちに、パチーンと残響のある音がしはじめた。

「ぁあああ……もっと、ぶって。お尻が真っ赤になるまで……お願い！」

小夜子が訴えてくる。

すでに、叩いた尻の部分が桜色から朱色に変わりはじめている。亮介は一発一発に気合いを入れた。スパーンと抜けた音が響き、

「あうぅぅ……！」

小夜子が腕に口を埋めて、悲鳴をふせいだ。

左右の尻たぶがとうとう桂橋の朱塗りのように赤くなった。

小夜子は嗚咽《おえつ》をこぼしながら、びくん、びくんと尻を痙攣させる。すると、膣がぎゅっと硬直を締めつけてきて、亮介は奥歯を食いしばって暴発をこらえた。

赤くなった尻たぶの上をつかんで、引き寄せる。そして、スパンキングと同じ熱量を込めて、いきりたちを打ち込んだ。

ズンッと体内をえぐっていく感触があって、

「うぁああ……！」

小夜子が顔を撥ねあげる。

「そうら……」

亮介がつづけざまに叩き込んだとき、

「イク、イク、イキます……ああ、また……はうっ！」

小夜子が大きくのけぞった。

膣がオルガスムスのうごめきを見せ、亮介はぐっと射精をこらえた。

小夜子はがくん、がくんしながら、前に崩れていく。

遠ざかっていく尻と膣を追って、亮介も折り重なっていく。

小夜子の背中や尻に、細かい震えが走っているのがわかる。だが、まだ亮介はイッていない。そろそろ、放ちたい。

腹這いになった小夜子は、尻だけを必死に突き上げようとする。

その尻の底にイチモツを突き入れたまま、亮介は覆《おお》いかぶさるようにして、イチモツを突き出す。

すると、尻のぶわわんとした弾力に沈み込んでいく快感と、膣を押し広げていく悦《よろこ》びが重なって、いよいよこらえきれなくなった。

「小夜子さん、イクよ、出すぞ」

唸りながら、知らせると、

「ぁあああ、ちょうだい。なかに出して……欲しい。先生のザーメンが欲しい。ああああ、イクわ。わたしも、イク、イク、イッちゃう！」

小夜子がうつ伏せに寝ながら、枕をつかんだ。

「いいぞ、イケぇ！」

ぐい、ぐい、ぐいっと分身を押し込むと、

「イクぅ……！」

小夜子がまた絶頂を極め、亮介も、気合いを込めた一撃を深いところに届かせたとき、目眩《めくるめ》くような射精感が押し寄せてきた。長く、苛烈《かれつ》な射精だった。

ぐったりとしている小夜子から離れて、亮介はすぐ隣にごろんと横になる。荒い息づかいがととのったとき、ようやく小夜子が横臥《おうが》して、身体を寄せてきた。

「すごく良かった。松島さんがあなたに夢中になった理由がよくわかりました」

亮介が言うと、

「恥ずかしいわ。初めての人なのに、何度もイッてしまって」

小夜子が胸板に顔を埋めてくる。

「よかった。でも、よく俺なんかと寝てくれましたね」

「だって……」

「だって？」

「いいえ、いいんです。先生のことが気に入ったからよ。それに、どうせ小説にするなら、リアルに書いてほしいの。それだけよ」

そう言って、小夜子は胸板についばむようなキスをした。

5

翌日、亮介は東京に戻った。

幸い、もう妻の怒りはおさまっていて、自宅で仕事ができた。

プロのゴーストライターとして、松島鴻一郎の表の自叙伝を書き、数度、鴻一郎と打ち合わせをして、完成原稿へとたどりついた。

それを出版社にまわし、次に裏の自叙伝、すなわち松島鴻一郎版の『ヰ《イ》タ・セクスアリス』に入った。

まず、鴻一郎がつきあった五人の女性のことを記した。

さらに、山野彩菜と鴻一郎の出逢いからはじまり別れで終わる物語を描き、注文どおりに二人のセックスシーンをたっぷりと描いた。

その後、鴻一郎と井藤小夜子の物語と、一度の情事で幾度となくイキつづける小夜子と鴻一郎の濡れ場を描いた。

モデルがいれば小説も書きやすいものだ。ただし、深いところは小説家の想像力にゆだねられる。その想像で描いた情事が、現実と一致したかどうかはわからない。この際、それは問題でない。

現実に即《そく》したことも残したいのであれば、鴻一郎本人が書けばいい。託された段階で、その濡れ場は亮介の作品になるのだ。

書き終えて、まずそのデータを送ると、返ってきたのは、『感激した。素晴らしい。二人の女をよくわかって書いている。読みながら、当時を思い出して、勃起したよ』というメールだった。

その後、数カ所を直して、ＯＫをもらい、その原稿を出版社に送った。十冊だけ刷《す》るのだと言う。

表の自叙伝についで、裏の自叙伝もできあがり、亮介はその十冊の本を持って、鴻一郎の家に愛車で向かった。

助手席には、山野彩菜が座っていた。

取材のとき、彩菜に鴻一郎のところに連れていくと、約束をした。それを果たすときがきたのだ。

彩菜はこれまで見なかったスーツ姿で、いつも以上に楚々《そそ》として、きれいだった。

「逢って、どうするつもりですか？」

亮介が端的に切り出すと、

「まず、お顔を見たいんです。それから、病状の進み具合も。奇跡が起こるかもしれないでしょ。それに、できたら、鴻一郎さんのそばで看病をしたいんです」

「あの家には、今、お手伝いさんしかいません。ですから、可能性はあると思います」

運転しながら言うと、彩菜の顔が光が射したように明るくなった。

「それに、鴻一郎さんには、考え直してほしいことがあります」

「何ですか？」

「鴻一郎さん、わたしに遺産を残すと言ってくれています。小説家の愛川さんに抱かれてほしい、そうしてくれれば、わたしにも遺産の一部がいくように遺言状を書くと……」

愕然《がくぜん》とした。そんなこと、一言も聞いていない。

（そうか……彩菜も小夜子も遺産を条件に、俺に抱かれたのか……どうも上手くいきすぎると思っていたが、それならわかる）

いや、待てよ。本当にそうなのだろう。もしかしたら、二人に遺産を残すことはすでに決めていたのではないだろうか。鴻一郎には子供もいないし、配偶者もすでに亡くなっている。

そうなったら、自分によくしてくれた女性に、財産を残したいと思うのは、ごく自然な成り行きだ。

「でも、わたしは鴻一郎さんの遺産を受け取るつもりはありません。いやなんです、そういうのは……だから、それを取り消してほしいんです」

彩菜がきっぱりと言った。

「でも、それは鴻一郎さんの気持ちですから。受け取っておいたほうがいいですよ。お金はあって困るものではありません。そのお金で、彩菜さんも自分の好きなことをはじめればいいじゃないですか」

「……そういうのがいやなんです。鴻一郎さんの愛人になったようで」

「でしたら、いっそのこと結婚という手もありますよ」

「結婚、ですか？」

「ええ、それなら、愛人としてではなく、配偶者として財産を受け取れます」

「でも、そんなことをしたら、周りから何て言われるか……」

「そうですね……とにかく、遺産相続のことには触れないで、松島さんのそばで、お世話をしたいと熱望したら、願いが叶うかもしれない。鴻一郎さんもそう思っているような気がします」

彩菜は押し黙った。

車を松島邸の駐車場に停めて玄関に行き、チャイムを押した。

「今開けるから、入ってくれ」

インターホンから鴻一郎の声が聞こえた。

自動ロックが外されて、彩菜とともに家にあがる。

鴻一郎が寝ている部屋のドアをノックして、開けた。

「おう、できたんだってな……んっ！」

こちらを見た鴻一郎が唖然として、彩菜を見ている。

「すみません。彩菜さんがどうしても松島さんに逢いたいと言うので、連絡もせずにお連れしました」

そう言っても、鴻一郎はあまりにも意外だったのだろう、ぽかんと口を開いたままだ。

「では、ここで失礼します。これが、できあがった本です……あとは、お二人で……俺は帰ります」

亮介は十冊の裏の自叙伝を枕許に置いて、そそくさと部屋を出た。

しばらく、廊下で様子をうかがっていたが、二人はいまだに一言も発していないようだ。

（大丈夫だ。何とかなるだろう）

亮介は二人を残して、松島邸を後にした。

第五章　女教師の秘め事

1

愛川亮介は自宅で仕事をしていた。

うれしいことに、山野彩菜が現在、松島鴻一郎に連れ添って看病をしていると、彩菜本人から聞いた。

例のごとく、亮介は読み切りの連載の執筆に苦戦していた。

第一話は二階堂初音を主人公に、第二話はその義理の姉である二階堂波瑠をヒロインにした。そして、松島鴻一郎と二人の女性の了解を得て、第三話は山野彩菜を、第四話は井藤小夜子をヒロインに物語を描いた。

しかし、そこでパソコンの文字打ちが止まった。

最近はすっかり私小説作家のようになっている。独自の創造力が衰えたのだろうか。だが、実際にモデルがいる官能小説はその分、リアリティがあるようで、評判は悪くない。だいたいいつも、可もなし不可もなしでスルーされることが多い亮介だが、今回の連載は珍しく注目されている。

それゆえに、いい加減なものは書けない。そう思うほどに、プレッシャーがかかって、パソコンに向かってもタイピングの指はいっこうに動かない。

そんなピンチのときに、小日向結衣に旅同伴のＯＫをもらった。

まだ何もはじまっていない二人だが、はじまるとしたら今だ。お互いに好意は持っているのだ。

それにしても、この春の高山祭《たかやままつり》を見る旅行のダメもとの誘いに、小日向結衣が乗ってきたのが不思議でしようがない

結衣は独身の二十八歳の高校教師で、英語を教えている。二年前に旅先で知り合って、一目惚れした。メールアドレスを交換して、帰宅後におずおずとメールしたところ、すぐに返事が来た。

結衣は静岡に住んでいるので、結衣が東京に来たときに、二度デートらしきものをした。だが、つきあいはそれっきりだった。

結衣を抱きたかった。

『二週間後の春の高山祭、四月十四日と十五日に行われます。高山のホテルだけ

は押さえてあるのですが、一緒に行ってくれませんか？　平日だから、無理でしょうか？』

　と、メールを送った。するとすぐに、まさかの返事がきた。

『高山祭、いいですね。一度、行ってみたいと思っていました。わたしでよければ、同行させてください』

『学校は休めるんですか？　平日で、新学期がはじまったばかりですよ』

　そう確認すると、

『じつは、わたし、体調不良でしばらく教職を休むことにしました。だから、大丈夫です』

『体調不良というと？』

『大したことはありません。精神的なものですから』

　とだけしか、メールには書かれていなかった。

　精神的なものというと、何だろうか。学級崩壊して、自信を喪失してしまったのか、それとも……。

　それは、旅の間に聞けばいい。

　やりとりしたメールの内容から、亮介と結衣はお互いに気が合い、一緒にいることが愉《たの》しいと感じていることは確かだ。

こうして二人で旅に出かけるのは初めてである。

ホテルの部屋はひとつしか取っていないと伝えてあるのだが、男女の関係になると覚悟しているのか。あるいは、同じ部屋に寝ても、身体すら触らせないつもりなのか――。

どうなるのか、わからない。だが、高山への旅は結衣と親密になれる絶好のチャンスだ。

当日は高山駅で待ち合わせた。

来ないかもしれないと覚悟はしていたが、結衣は時間どおりに現れた。

一年前に食事をしたときよりも、少し痩せたように感じる。だが、それもほんのわずかな変化で、体調不良で休職中という事情を知らなければ気づかなかっただろう。

相変わらずセミロングのストレートヘアが似合う、清楚《せいそ》で、やさしげな顔立ちだった。亮介を見て、はにかんだ表情が愛らしかった。

二人はそのまま、市内のホテルにチェックインした。

この時期、高山近辺のホテルは大混雑していて、ひとつの部屋しか取れなかった。結衣は二人ひと部屋と再確認しても表情を変えなかったから、やはり、それなりの心積もりで来たのだろう。ホテルのレストランで飛騨牛《ひだぎゅう》をメインとした夕食を摂《と》り、すこし休んでから、外に出た。

すでに、夜祭がはじまっていて、二人は多くの見物客とともに歩道に立ち、大通りをゆっくりと巡行《じゅんこう》していく、屋台《やたい》と呼ばれる山車《だし》を観賞する。ひとつの屋台には百個もの提灯《ちょうちん》が付けられている。それぞれ趣向を凝《こ》らした絢爛《けんらん》たる屋台が、夜の高山の街に幻想的に浮かびあがっている。御神楽《おかぐら》やお囃子《はやし》、カネの音が響き、そのゆっくりと流れる雅楽が、この祭を、青森ねぶた祭とは異なった優美なものにさせている。

目の前を過ぎていく屋台では、布袋《ほてい》様と唐子《からこ》のからくり人形がカクカクと動きながら、見事な演技を見せる。

それにつづく屋台は、金色に輝く鳳凰《ほうおう》が提灯の明かりを反射させて、きらきら光っている。

春の高山祭は山王祭《さんのうまつり》とも呼ばれて、日枝《ひえ》神社を出発した十二基の山車が市内を巡行し、その前には、獅子舞や雅楽、衣装を着た行列が練り歩く。

山車はそれぞれが見事な装飾を施され、趣向や豪華絢爛さを競い合う。

「思っていたより、精密で、装飾も素晴らしいわ。からくり人形がすごくいいですね」

隣に立つ結衣は、嬉々《きき》としてスマホで写真を撮っている。

「木の彫刻は、高山の名工たちが腕をふるったんだ。いわば、飛驒の匠《たくみ》たちの努力の結晶だね」

解説すると、

「そうだったんですね。だから、こんなに……寺院もそうですすよね？」

「そうだね。木造建築の装飾は彫刻や透《す》かし彫《ぼ》りが多いよね」

「でも、ほんとうに繊細《せんさい》だわ。それに、想像してたより豪華……」

結衣の目がきらきらしている。この幻想的で雅《みやび》やかな雰囲気が好きなのだろう。何となく、結衣とこの祭は波長が合っている気がする。

二人は沿道を歩いて、宮川《みやがわ》にかかる橋を通る屋台を見るために、ひとつ離れた橋へと移動する。

城下町高山を流れる宮川の沿岸には桜が植えられていて、今も、仄《ほの》かにピンクがかった白いソメイヨシノがほぼ満開を迎えて、咲き誇っている。

ライトアップされた夜桜が風を受けてはらはらと舞い落ち、宮川の水面《みなも》に花《はな》筏《いかだ》を作る。

そこに、雅楽の音とともに、屋台が通りかかる。

提灯の明かりが川面《かわも》に映えて、水鏡《みずかがみ》のように屋台が映っている。

その光景を橋桁《はしげた》から身を乗り出して眺めていると、結衣がすっと身体を寄せてきた。

亮介の左腕に右手をからませて、胸を押しつけてくる。

びっくりした。まさか、小日向結衣がみずから身を寄せてくるとは――。

屋台の行列も、それぞれが曳《ひ》き別れ歌を歌っているので、そろそろ屋台蔵へと帰っていくのだろう。

「屋台が帰っていきます。私たちも宿に戻りますか？」

声をかけると、結衣が亮介を見あげてきた。その目が哀切《あいせつ》な光を放っている。

こうして欲しいのだろうと、抱きしめて、顔を寄せていく。

目を閉じたので、亮介は顔を傾けながら、唇を合わせる。

かるくついばむと、結衣が唇を強く合わせて、抱きついてきた。

ワンピースにカーディガンをはおった結衣の背中と腰に手をまわして、ぐいと抱き寄せながら、舌をすべり込ませる。

すると、結衣は一瞬ためらったが、そんな気持ちを振り切るようにして、舌をからめながら、しがみついてくる。

亮介の下腹部は一瞬にして力を漲《みなぎ》らせて、ズボンを突きあげてきた。

それを感じたのか、結衣は腰を引いた。だがすぐに、思い直したように、ワンピースに包まれた腹部をおずおずと擦《こす》りつけてくる。

亮介が尻を引き寄せて、密着してきた腹部に勃起《ぼっき》を押しつけていると、

「うん、んっ、んんんっ……」

結衣は甘く鼻を鳴らしながら、腰を揺すって、腹部をくなり、くなりと擦りつけてくる。

人の目がなかったら、亮介はここで愛撫《あいぶ》をはじめただろう。だが、いくら旅の恥はかき捨てといっても、これだけの観光客のいる前では無理だ。

このズボンの突っ張りはどうしたらいいのか——。

ここは一刻も早くホテルに行って、部屋で抱くしかない。キスをやめて、

「ホテルに戻ろう」

肩に手を添えて訊《き》くと、結衣は潤《うる》みがかった瞳を向けて、

「はい……」

と、うなずいた。

2

ホテルまでは歩いて五分ほどだった。

ビジネスホテルに毛の生えたようなところだが、四月十四日は高山市ではもっとも宿の予約が取りにくい日だといわれる。取れただけでも、よしとしなければいけない。

曳き別れ歌がいまだに遠くから聞こえる。

ホテルの五階の部屋に着くなり、亮介はカーディガンを脱いだ結衣をベッドに押し倒した。

今、結衣はその気になっている。この機会を逃したら、もう二度とチャンスはないかもしれない。結衣には亮介に抱かれる事情が確実にあるのだと思う。だが、その理由はあとでいい。

欲情は長続きしない。

亮介は上から抱きしめながら、キスをする。

唇を重ねて、舌をからませる。そうしながら、モカブラウンのワンピースがまとわりつく足の間に膝《ひざ》を入れる。

舌をからませながら、足で太腿《ふともも》や下腹部を擦っていると、

「んんん……ぁあうぅぅ」

キスできなくなったのか、結衣は口を離して、くぐもった声を洩《も》らす。そうしながら、太腿を内側によじりつつ、亮介の足に擦りつけてくる。

「いいんだね？」

亮介は上から顔を見て、確かめる。

「はい……」

結衣は口に出して、こっくりとうなずく。

亮介はフレアワンピースの背中のファスナーをおろして、足のほうへと引きおろしていく。

結衣はオフホワイトのブラジャーに包まれた胸のふくらみを両手で覆《おお》い、太腿をよじり合わせるようにして、クロッチを隠す。

亮介も服を脱いで、全裸になる。

ブリーフをおろしたはなから、飛び出してきたイチモツを目にして、結衣はハ

ッと息を呑《の》んで、目をそらせた。

亮介は上になって、ふたたびキスをし、身体の側面を撫《な》でさする。

すると、結衣はびくん、びくんと跳ねる。

とても敏感な身体だった。

若いといっても、もう二十八歳。身体はもう充分に開発されている。

先を急ぎたかった。

キスをやめて、背中のホックを取り、ブラジャーを外した。結衣は恥《は》ずかしそうに乳房を隠す。

その隙に、白いパンティに手をかけて、一気に引きおろして、足先から抜き取った。

中肉中背で、バランスのいい肢体《したい》をしていた。乳房はDカップほどで、形よく張りつめている。陰毛は意外と濃く、びっしりと三角に密生していた。

結衣はどうしていいのかわからないといったふうに、顔をそむけて、胸を隠している。その腕をつかんで外させ、あらわになった乳房に顔を寄せた。

透《す》きとおるようなピンクの乳首にしゃぶりつくと、

「あんっ……！」

結衣は愛らしい声をあげて、顎をせりあげる。やはり、感度はいい。

乳首を舐《な》め、しゃぶりながら、もう片方の乳房もつかんで、柔らかく揉《も》みあげる。すると、あっという間に乳首は硬くしこってきて、そこに素早く舌を走らせると、

「ぁあああぅぅ……」

結衣は両腕を顔の横に置き、今にも泣き出さんばかりに眉根《まゆね》を寄せて、顎《あご》をせりあげる。その泣き顔が男心をかきたてた。

亮介は乳首をしゃぶりながら、右手をおろしていき、翳《かげ》りの底に押し当てる。

すると、結衣はぐぐっ、ぐぐぐっと恥丘《ちきゆう》をせりあげて、花芯を押しつけてきた。

そこはすでにぐっしょり濡れていて、結衣がいかに発情していたのか、手に取るようにわかる。

いっそう硬くなった乳首を舐め転がしながら、狭間《はざま》を指の腹でかるく叩いた。

すると、すぐにチャッ、チャッ、チャッという粘着音が響き、

「ぁああ、いやっ！　その音……」

結衣が両手で耳を覆った。

亮介はいさいかまわず濡れた粘膜を刺激し、それから、顔をおろしていく。

「あっ……！」

閉じようとした結衣の膝をつかんで、押し開いた。

つやつやした三角形の翳りが流れ込むところに、想像以上にふっくらとした土手と、一転して繊細な肉びらが褶曲《しゅうきょく》しながらひろがっていて、内部に赤くぬめる粘膜がのぞいていた。

濃い恥毛と、ふっくらした肉土手、繊細な肉びら――。

亮介はたまらなくなって、しゃぶりついた。全体を頬張《ほおば》り、肉びらごと吸い込むと、

「いやぁあああ……！」

結衣が悲鳴に近い声をあげた。

ぐぐっとのけぞっている。そして、雷《かみなり》にでも撃たれたかのように、持ちあがった腰が震えていた。

狭間に舌を走らせて、その勢いのまま上方の肉芽《にくが》を舌で弾《はじ》くと、

「はうんっ……！」

結衣はがくんと跳ねて、顔をのけぞらせる。

亮介は包皮を剝《む》いて、じかに肉真珠《にくしんじゅ》を舐め転がす。すると、結衣は啜《すす》り泣くような声をあげて、切なそうに腰を揺すりあげる。

「入れていいね？」

唇を接したまま訊くと、

「はい……！」

結衣は顔を持ちあげて、しっかりと亮介を見た。

膝をすくいあげ、いきりたつものを赤くテラつく孔《あな》に押し当てた。導きながら腰を進めると、とても窮屈なとば口を切っ先が押し広げていく確かな感触があって、

「ぁあああぅ……！」

結衣が悩ましい声をあげて、シーツを鷲《わし》づかみにした。

「おっ、くっ……！」

と、亮介も奥歯を食いしばる。それほどに高校教師の雌芯《めしん》は具合が良くて、侵入者にからみついてきた。

その締めつけに耐え、亮介は上体を立て、両膝を開かせて、腹につかんばかりに押さえつける。

三十秒ルールを守って、じっとしている。

すると、女教師の膣《ちつ》が男根に、隙間なくまとわりついてくるのがわかる。しばらくは挿入《そうにゅう》の衝撃に震えていた結衣だったが、亮介がストロークをしないので、どうしてなのかという顔で、見あげてくる。

それでも亮介が動かないので、焦《じ》れたように自分から腰をつかいだした。といっても、上から足を押さえられているので、わずかしか動かせない。もどかしそうに腰を少しずつ揺すり、下腹部を必死にせりあげる結衣が、愛《いと》おしくてしようがない。

彼女が腰をせりあげたときに、亮介はゆっくりと打ち込んだ。奥に向かって、ずりゅっと勃起が嵌《は》まり込んでいき、

「はぁあああ……！」

結衣は心の底から感じているという声をあげて、仄白《ほのじろ》い喉元《のどもと》をさらした。

亮介は上からじっと結衣の顔を見ながら、慎重に腰をつかう。スローピッチで奥まで打ち込むと、切っ先が子宮口に届いた瞬間に、

「あんっ……！」

結衣は愛らしい声を洩らして、顎をせりあげる。

感じるところなるのだろうか。結衣は泣いているように顔をゆがめ、眉を八の字に折り、唇をわななと震わせる。

その表情が、亮介をますますかきたてた。

亮介はじっと結衣を見つめながら、ストロークを調節して打ち込み、表情の変化を見る。

ゆっくりと引いていくと、膣の粘膜がまったりと粘りついてきて、結衣の下腹部もそれを追って、わずかに持ちあがってくる。

ぎりぎりまで引きあげておいて、頂点から、静かに打ちおろしていく。

亀頭部《きとうぶ》がとても狭い体内をこじ開けていって、奥まで届くと、

「あんっ……！」

結衣は顔をのけぞらせて、後ろ手に枕をつかんだ。

ほっそりした顎があがり、白い首すじがあらわになっている。肌が全体に桜色に火照《ほて》り、汗ばんでいた。

乳首をツンと尖《とが》らせた乳房が揺れて、その下で足がM字に開かれ、漆黒《しっこく》の翳りの底に、亮介の怒張《どちょう》しきった肉柱が大きく出入りしている。

このままでもいい。だが、結衣にはよりいっそうの愛情を持って接したい。

亮介は足を放して、覆いかぶさっていく。

抱きしめて、キスをする。

舌を潜り込ませると、結衣も積極的に舌をからめてきた。亮介を両手で抱きしめ、貪《むさぼ》るように舌を吸い、からめる。

亮介は唇を重ねながら、静かに腰をつかう。

ずりゅっ、ずりゅっと粘膜のからみつきを押し広げていき、

「んっ……んん……ぁあぁぅぅ」

結衣も亮介にしがみついてきて、しきりにキスをする。

思っていたより、結衣はずっと情熱的なのだと感じた。

亮介はもっと強く打ち込みたくなって、顔をあげた。両肘を突いて、ぐいぐいとえぐり込んでいく。

すると、結衣は足をM字に大きく開いて、屹立《きつりつ》を深いところに導きながら、

「あっ、あっ……あんっ、ぁあん……！」

哀切な声をあげる。

直線的な斜面を下側の充実したふくらみが支えている乳房が、ぶるん、ぶるるんと波打ち、持ちあげられた足指が反《そ》り返る。

何があって、亮介に抱かれたのか、いまだにわからない。

だが、女性の心情を理解できなくても、セックスは快楽を生む。女教師とお手合わせできただけで、至福感が込みあげてくる。

そんな気持ちを込めて打ち込んでいくと、結衣が腰に足をからめてきた。

長い足を亮介の腰に巻きつけて、自分のほうに引き寄せるようにする。イチモツが深々と嵌まり込むと、

「あっ……！」

顎を突きあげた。

そして、亮介が腰を引くと、先ほどと同じようにからめた足に力を込めて、自分に引き寄せて、

「あんっ……！」

愛らしく喘《あえ》ぐ。

それを何度も繰り返しているうちに、結衣は昂《たかぶ》ってきたようで、

「ぁあああ、動いて……イカせてください」

明らかに潤んでいるとわかる、とろんとした目を向けてくる。

亮介は腕立て伏せの形で、結衣の左右の足を開かせ、体重を乗せた一撃をつづ

けざまに叩き込む。

足を大きくM字開脚した結衣は、ときどき、結合地点を見ながら、

「あんっ、あんっ……ぁあああ、いいの……気持ちいい……このまま、このまイカせて」

アーモンド形の目を細めて、訴えてくる。

「いいですよ。イッていいですよ……」

結衣を絶頂に導きたい。その一心で、息を詰めて連打すると、

「ぁああ、イキます……イク、イク、イッちゃう……はんっ！」

結衣は大きくのけぞり、それから、躍り上がった。

オルガスムスの波が終わると、ぐったりとして動かなくなった。

3

二人はシャワーを浴び、備え付けのガウンを着て、セミダブルのベッドに横たわった。

亮介が右腕を伸ばして、腕枕の体勢を取ると、結衣がためらいながらも、亮介の二の腕に頭を乗せて、こちらを向いた。

セミロングのさらっとした髪が腕に垂れかかり、結衣は恥ずかしそうに上目《うわめ》づかいで亮介を見る。

「教職を休んでいると言ってたけど、何があったのか、差《さ》し支《つか》えなければ話してもらえないか？」

「でも……」

「聞きたいんだ」

「……わかりました。話します。じつは……」

小日向結衣は二年前に、同じ高校に勤める、三年先輩の教師に恋をした。日野浩司《ひのこうじ》という英語教師で、二十九歳。当時、二十六歳だった結衣より、三つ年上だった。

日野は海外に留学していた時期もあり、同じ英語教師として、尊敬できる存在だった。しかも、独身で、容姿もよかった。

結衣にとって日野は、羨望の的だった。結衣はまだ高校教師としての経験も少なく、クラスの担任を任されても、不安が先に立ち、頼れる人が欲しかった。

そんなとき、声をかけてくれたのが日野だった。

教師としての悩みを打ち明けると、日野は的確《てきかく》な答えを返してきた。何より、やさしかった。

相談を重ねるうちに、結衣は日野のことを完全に男性として意識していることに気づいた。

日野が結衣を女として認めてくれているとわかったのは、居酒屋で相談したあとで、『うちに寄っていかないか？』と誘われたときだ。

招かれたことが、結衣はうれしかった。

もちろん、同じ高校に勤める教師同士が恋愛関係に陥《おちい》るのにはためらいがあった。だが、二人とも独身であり、不倫ではない。それに結衣は、それまで日野以上の男性に逢ったことがなかった。

その夜、日野のマンションで、二人は体を重ねた。

日野はセックスも上手く、その夜、初めて結衣は絶頂に昇りつめた。

結衣にとっては、夢のような一夜だった。

その後、結衣は結婚を前提に日野とつきあった。日野も結婚には前向きだった。

だが、突然破局が訪れる。前触れもなく、日野が結衣に、違う女性と結婚すると伝えてきた。

相手は文科省の上級官僚の娘で、日野家も教育者の家系であり、親同士が二人の結婚を強引に決めたという。

官僚の親族が経営する私立の中高一貫校があって、日野がその娘と結婚すれば、将来はその学院の学院長というレールが敷かれていた。

日野は抗《あらが》ったが、結局、自分の地位と家系を取ったらしい。

結衣は結局、捨てられたのだ。

日野を罵《ののし》り、泣き叫んだ。日野の胸を叩いた。

この一年を返してほしかった。だが、何をしようが、どんなに日野を憎もうが、決まってしまったことは覆《くつがえ》せない。

結衣は結局、日野に選んでもらうだけの魅力がなかったのだと諦め、自分を責めた。

日野と顔を合わせたくなかった。だが、学年の途中であり、すぐに学校を去るわけにはいかなかった。

苦しくて苦しくて、どうしようもなかった。

そんなとき、担任をしていたクラスの男子生徒から、告白された。

伊勢昭太《いせしょうた》は成績のいい優等生だが、まだまだ世間知らずのいいところのお坊

っちゃまだった。その伊勢が、

『先生が好きです。先生を思うと、受験勉強にも集中できません。こんなことを言っても、先生が困るだけだというのはわかります。だけど、どうしても先生に自分の気持ちを知ってほしかったんです』

と、告白してきた。

『気持ちだけ受け取っておくわね。伊勢くんは頑張れば、必ず志望大学に入れる。だから、先生のことなんか忘れて、受験勉強に集中しなさい。もちろん大学がすべてではないけれど、先生のせいで、もし受験に失敗したら、余りにも残念すぎるわ。そういう後悔だけは体験しないでほしいの。わかるよね？』

そう言って、伊勢の思いを落ちつかせた。

だが、彼は逆に、さらに強く思いを募《つの》らせただけだった。

その日は夕方から雨になった。結衣が学校から帰ると、自宅マンションの前に、伊勢昭太が傘もささずに、ずぶ濡れで立っていた。

『伊勢くん、どうしたの？』

声をかけると、伊勢が『先生を待っていました……』と涙声で答えた。

とりあえず、結衣は伊勢をマンションの自分の部屋に入れた。

とにかく頭にあったのは、風邪を引かせてはいけないということだった。

濡れた衣服を脱がせて、乾燥機にかけた。

そして、伊勢にシャワーを浴びさせた。

シャワーを使う音を聞きながら、結衣はどうしたらいいのか悩んでいた。

衣服が乾いたら、このまま帰ってもらうしかない。しかし、その後はどうしたらよいのか。こんなことで、伊勢が受験に失敗をしたら……。

シャワールームから、伊勢が出てきた。

シャワーを浴びる前に渡した、紺色のガウンをはおった伊勢が、結衣を見て言った。

『このガウン、日野先生が使っていたんでしょ？』

図星《ずぼし》だった。

『知ってるんですよ。結衣先生はつきあっていた、結婚するはずだったんでしょ。だけど、あいつは政略結婚を選んだ。結衣先生を捨てたんだ』

そう言った伊勢の目は、ギラギラ光っていた――。

「あの子は、日野が許せないと言ってくれたの。だからわたし……」

結衣が顔をあげて、亮介を見た。

「伊勢くんと、寝たんですね？」

「……乾燥機が止まるのを待っていたら、『一度だけでいい』からって……。自分は童貞だけど、それを卒業させてほしい。相手は先生しかいない。そうしたら、あとは先生のことは忘れて、一生懸命に受験勉強をするからと……彼はそう言ったの」

結衣が亮介の胸板に顔を乗せて、言った。

「童貞って、ほんとうだったんですか？」

訊きながら、髪を撫でると、

「ええ、ほんとうだったみたい」

結衣がはにかんだ。

「だけど、一度きりでは終わらなかったでしょ？」

「ええ……伊勢くんはその後も、わたしを求めてきた。拒んだわ。そうしたら、ストーカーみたいになって……」

「そうなるでしょうね……で、受験は？」

「志望大学には落ちたわ。でも、もともと実力のある子だから、有名私立には受かって、今はその大学に通っているわ」

「そうですか……それから、伊勢くんとは？」

「彼は東京に行ったから、ストーカー行為は終わりました。でも、わたし、それが原因で男性とつきあうのも、セックスするのも怖くなってしまって……」

「なるほど、それで俺と？」

「そうです。亮介さんは作家ですから、わたしのことをおわかりになるだろうと。わたし、仕事だけでなく、女としてもダメになりそうで、怖かったんです。寂しかったんです。だから、せめて女としてだけは……わたしに女だと実感させてもらえる人と言ったら、亮介さんしか思いつかないです。だって、亮介さん、わたしを好きでしょ？」

「そうです。どうにかして抱きたいと、お逢いしたときから、ずっと思いつづけていました。だから、今回の件に関しては適役です」

「ふふっ、そうおっしゃると思った。わたしも亮介さんが好きですよ。一緒にいても、妙な緊張をしないで済みます」

「それって、恋人っていうより、むしろ、友だちじゃないの」

「違いますって。だって、わたしさっき、亮介さん相手にちゃんとイッたでしょ。亮介さんは充分にオスで、わたしはメスでしたよ」

「確かに……」

亮介はガウンに覆われた肩を撫でながら、訊いた。

「そういうことがあったから、今は教職を休んでいるんですね」

「はい……それに、教員でありながら、同僚教師と懇《ねんご》ろになった挙《あ》げ句《く》、生徒にまで手を出して……わたし、教師に向いていないんじゃないかとも……」

「そうかな？結衣先生はとても教師に向いている気がします」

「どうなんでしょうか。」

「そうなさったらいい」

亮介は結衣の手を取って、股間へと導いた。

4

ガウンのなかで、イチモツがむっくりと頭を擡《もた》げていた。

「これは？」

「すみません。さっき、先生が伊勢くんの筆おろしをしたという話を聞いたら、もうそれから、勃《た》ちっぱなしです」

「ふふっ、だから、あなたにしたんです」

「先生が急に誘いに応じたので、何か理由があると思っていたんですが……そういうことでしたか。それなら、ほんとうに俺は適役です。先生が女であることを、いやというほど実感させてあげます」

「……そうかもしれませんね。もう、カチカチですもの」

結衣は右手で肉棹を握り、ゆるゆるとしごいた。その目がまた潤みだしている。

結衣は性的に高まると、目がうるうるしてくるから、わかりやすい。同様に気を遣《や》ったときは、肌が薄く薔薇色《ばらいろ》に染まって、一気に汗をかく。

結衣は勃起をしごきながら、唇にキスをしてきた。

亮介も応じて、舌を差し込む。すると、結衣はその舌をもてあそぶように舐め、吸う。

それから、首すじへとキスをおろしていき、胸板の突起を舐めた。

小豆色《あずきいろ》の乳頭を巧みに舌であやしながら、下腹部のいきりたちをゆったりとしごいてくる。

結衣は着ていたガウンを肩からすべり落とした。

その間に、亮介もガウンを脱ぐ。

一糸《いっし》まとわぬ姿になった結衣は、亮介の腰や太腿を撫でさすりながら、乳首にキスをしてきた。

きっとこうやって、伊勢昭太を愛撫したのだろう。童貞だったら、一発でノックアウトされるに違いない。

結衣はチュッ、チュッとキスをおろしていきながら、いきりたちを握った。臍《へそ》や脇腹にキスをし、舌を這《は》わせながら、強弱をつけて肉柱を指で圧迫する。

亮介の足の間にしゃがんで、太腿を膝から舐めあげてくる。なめらかな舌が蛞蝓《なめくじ》のような光る跡を残して、這いあがってくる。這うようにして舐めているので、臀部《でんぶ》が持ちあがって、細くくびれたウエストから急峻な角度でひろがっていく尻がよく見える。

この発達した尻が、結衣の奥底に秘めている欲望の豊かさを伝えてくる。結衣は清楚な外見とは裏腹に、セックスが好きなのだと感じた。

結衣の舌が這いあがってきて、陰毛に届く。もじゃもじゃの密林を舐め、嚙《か》んで引っ張る。吐き出して、薄く笑った。

それから、ぐっと姿勢を低くして、本体の裏側を舐めてきた。ギンとした肉柱の裏すじをツーッと舐めあげて、また、おろしていく。

上下動を何回も繰り返し、亀頭冠《きとうかん》の真裏をちろちろと舌で刺激する。

亮介のなかには、女教師は生真面目で、セックスも受け身というイメージがあった。

おそらくそれは、時代錯誤な考えなのだろう。だが、その間違った思いがあるからこそ、女教師が淫《みだ》らなところを見せると、昂奮するのだ。禁忌《きんき》がなければ、エロティシズムも半減する。

分身が完全勃起すると、結衣は上から頬張ってきた。

きりっとした唇を勃起の形に開いて、密着させながら、ゆっくりとすべらせる。

ぐっと奥まで咥えて、ぐふっ、ぐふっと噎《む》せた。

それでも、吐き出さずに、顔を振りはじめた。

勃起の表面にからみついた唇があがってきて、ぐちゅぐちゅとエラを小刻《こきざ》みに擦ってくる。

ツーンとした快美感に、亮介は唸った。

上手すぎる。おそらく、日野に仕込まれたのだろう。たとえ別れても、どんなに非道な相手であろうと、教え込まれた性技は女に残る。

「うん、んっ、んっ……」

結衣は素早く唇を往復させて、いったん動きを止めた。先っぽを頬張ったまま、ちらりと亮介を見た。

視線が合って、恥ずかしそうに目を伏せる。

今度は、右手で茎胴の根元を握った。

ゆっくりと擦りあげながら、顔も打ち振る。

右手でしごきあげたときは、深く頬張る。そして、包皮を引きおろしたときには、唇で擦りあげる。

その動きを繰り返されると、うずうずした感じがマックスに達して、入れたくなった。

「ありがとう、すごく上手だった……上になってもらえないかな。上で腰を振ってほしいんだ。結衣先生が淫らに腰を振るところを見たい。この目に焼きつけておきたい」

「でも……」

結衣がためらう。

「伊勢くんの筆おろしをしたときは、どうやったんですか。彼はやり方がわからないから、先生が上になって、リードしてあげたんでしょ。それとも、彼が上になって上手く嵌めてきたのかな。官能作家の浅はかな好奇心だと思って、教えてくれませんか。お願いします」

亮介は懇願した。結衣が根負けして、口を開いた。

「……最初は彼に自由にやらせました。だけど、上手くできなくて、わたしが上になって……いやっ！」

結衣が恥ずかしそうに両手で顔を覆った。

「ゴメン。思い出させてしまって……じゃあ、今回は俺が上になりますよ」

彼女の気持ちを察して、提案した。

だが、結衣は首を左右に振った。そして、きりっとした目つきになって、向かい合う形で亮介にまたがってきた。

下半身をまたいで、猛《たけ》りたつものをそっと導き、切っ先が花芯に触れた途端に、

「あんっ……！」

愛らしく顔を撥《は》ねあげる。

それから、決意を固めたように唇を嚙みしめ、沈み込んできた。

片手で屹立を持ったまま、腰を落とし、それが体内に押し入っていくと、手を離して、

「はぁああ……！」

こらえきれないといった声をあげて、顎をせりあげた。

亀頭部が奥まで嵌まり込むと、

「あっ……！」

顔をがくんとのけぞらせ、手の甲を口に当てる。

結衣が動こうとするところを、腰に両手を添えて止めた。

「ああ、どうして？」

結衣が怪訝《けげん》なそうな顔をした。

「じつは、三十秒ルールというのがあって……」

亮介は、挿入してから三十秒の間じっとしていると、その間に、膣がペニスに隙間なくからみついてくる。女性の内部は自由に形を変えて、密着してくる。それから、ストロークをすると、男も女も快感が段違いに増す――ということを、説いた。

「知りませんでした」

「……さっきも三十秒ルールを実行した。どうでした？」

「……良かったです、すごく」

「タネを明かせば、簡単なんです。でも、実際にするのはすごく難しい。男も女も、挿入したらすぐに動かしたくなる。今のきみみたいに」

「そうでした。確かに……恥ずかしいわ」

「いや、それが普通なんですよ。そろそろ、動いていいですよ」

腰をつかんで急《せ》かすと、結衣がおずおすと腰を振りはじめた。両膝をぺたんとシーツに突いた格好で、腰を前後に振る。

「ああ、気持ちいい……確かにそうだわ。亮介さんのおチンチンを包み込んでいる感覚がよくわかります……ぁあああ、気持ちいい……ぁあああ、動いちゃう。腰がひとりでに動いちゃう……ぁあああ、あうぅぅ」

結衣はとても清楚な女教師とは思えないしどけない腰振りで、ぐいん、ぐいんと腰を前後に揺すっては、

「ぁあああ、すごい……亮介さんのおチンチンが奥をぐりぐりしてくるの……ぁああ、気持ちいい」

素直に快感を吐露《とろ》する。

「膝を立てて、俺の胸に手を突いてごらん」

「こう、ですか？」

結衣は言われたように両膝を立ててM字に開き、やや前傾して、両手を亮介の胸板に突いた。

「いいよ、スクワットするみたいに腰をつかって」

「はい……」

結衣が腰を振りはじめた。

尻をぎりぎりまで振りあげて、そこから落とし込んでくる。最初はおずおずとやっていたが、慣れてきたのか、徐々に激しくなって、ピシャンと音がするほど強く落とし、叩きつけて、

「あんっ……あんっ……」

結衣は甲高《かんだか》い声を放ちながら、腰をぶるぶる震わせる。

「気持ちいいんだね？」

「はい……すごく気持ちいい……ぁあああ、止まらない。腰がひとりでに動くの！」

結衣はそう言いながら、腰を激しく叩きつける。

「いや、いや、いやっ……」

自分がしていることが恥ずかしいのか、顔を横に振る。けれども、腰振りは止まらない。

形のいい乳房が縦に揺れて、薄桃色の乳首も、セミロングの髪も上下に動いている。

(結衣さんは、もしかしてエッチの才に恵まれているんじゃないか……)

聖職者だからといって、セックスに貪欲《どんよく》であってはいけないという決まりはない。

むしろ、男は活発な女にそそられるはずだ。

一見、清楚な女教師が、じつは淫らな性の持ち主だとしたら、男にとってこれ以上の女はいない。

昼は清楚な女教師、夜は淫らで奔放《ほんぽう》なメス……天は二物《にぶつ》を与えることだってあるのだ。

腰が落ちる頃合いを見計らって、ズンと下から突きあげてやる。

「はぁあん……！」

結衣が躍りあがった。

（よし、今だ！）

亮介は、結衣の太腿の裏をつかんで持ちあげながら、ぐいっ、ぐいっ、ぐいっとつづけざまに突きあげた。

燃えた鉄芯のような肉柱が、結衣の体内を押し広げていって、

「あんっ、あんっ、あんっ……イク、イク、イッちゃう……はうぅ！」

結衣は大きく痙攣《けいれん》しながら、のけぞっていたが、やがて、力尽きたようにがっくりと覆いかぶさってくる。

身体を預けながらも、汗ばんだ肌に時々、痙攣のさざ波が走る。

ぐったりしている結衣の顔を持ちあげて、唇にキスをする。

すると、結衣は息を吹き返したように、ねっとりと舌をからめてきた。舌を舐めあい、啜る。結衣の腰がまたくねりだした。

激しく舌を吸い、からめながら、きゅっ、きゅっと尻たぶを窄《すぼ》めて、亮介の勃起を締めつけてくる。食い締めながら、腰を前後に振っている。

（また、欲しくなったんだな）

女性のセックスの特徴は、何度でもイケるところだ。男は基本的に、一度射精してしまうと、回復まで時間がかかる。だが、女性は次から次に昇りつめること

ができる。

先日お手合わせをした修善寺の井藤小夜子がそうだった。一夜で数えきれないほどに気を遣った。

もしかして、結衣もその口かもしれない。今夜、すでに二度イッている。

こうなると、亮介も自分から攻めたくなった。

キスをしながら、下からゆるく突きあげてやる。怒張しきったイチモツが斜め上方に向かって、膣を擦りあげていって、

「んっ……はぁあああ」

結衣が口の隙間から喘ぎを洩らした。

それでも、キスをやめようとはせずに、貪りついてくる。亮介も口を吸いながら、徐々に打ち込みを強くしていく。

ずりゅっ、ずりゅっと肉柱が熱く滾った膣を犯していき、

「くぅーん、くぅーん」

結衣はしがみつきながら、小犬が鳴くような声をあげて、のけぞっている。

「気持ちいいでしょ？」

「はい……気持ちいい。蕩けそう……あそこが蕩けます」

「あそこって？」

「言えません」

「聞きたいな。ちゃんと言わないと、これ以上しないよ」

「……オ、オマ×コ……」

「誰の？」

「わたしの……」

「わたしって？」

「ああ、意地悪……結衣よ。小日向結衣のオマ×コよ……、ぁあああ、悔しい」

そう言って、結衣がまた唇を合わせてくる。

舌をからめ、吸いながら、亮介は腰を跳ねあげる。結衣の腰が浮くほど突きあげると、

「ぁあああ、すごい……！」

結衣がキスをやめて、喘いだ。

亮介はとっさに下から出て、四つん這いになっている結衣の尻を引き寄せた。

結衣は大きく膝を開いて、低い姿勢で真っ白なヒップを差し出してくる。

思ったより、女豹《めひょう》のポーズが似合っている。

小日向結衣は女として、大きく化けるのではないかと思った。

そのとき、どこからか曳き別れ歌の哀切な歌が流れてきて、ここが春の高山祭が行われている市内のホテルであることを再認識した。

（そうか……俺は祭の最中に、小日向結衣を抱いているんだな）

結衣が今夜、身体を許したのは、高山祭の雰囲気に酔っていたせいもあるのだろう。

曳き歌がかすかに流れるなかで、猛りたつものを埋め込んでいく。とても熱い粘膜がイチモツを包み込んできて、

「はんっ……！」

結衣が短く喘いで、がくんと顔を振りあげた。

亮介はくびれた細腰をつかみ寄せて、徐々にストロークのピッチをあげていった。

結衣のオマ×コはどんどん具合が良くなっていて、打ち込んで引くと、粘膜が、抜かせるものかとでもいうようにからみついてくる。

怒張を打ち込む破裂音がパン、パン、パンと響き、

「あんっ、あんっ、やぁあああ……」

結衣がシーツを鷲づかみにして、上体をのけぞらせる。

白い肌が全体に桜色に染まって、汗で濡れ、結衣の性感の高まりが本物であることを伝えてくる。

演技では、とてもこうはできないだろう。

背中のしなりや、髪の乱れが、亮介をいっそう昂らせた。

最初は右手をつかんで、後ろに引っ張りながら、硬直を叩きつけた。それから、もう片方の腕をもつかんで、両手を後ろに引きながら、ぐいぐいと屹立を打ち込んでいく。

「あんっ、あんっ、あんっ……ぁあああ、わたし、また、イキそう……いやよ、いや」

「いいんだよ。何度もイッてほしい。イクところを見ると、すごく昂奮する。それに、うれしいんだよ。きみは最高の女だからね。知性もあるし、本能もすごい。きみ以上の女はいないよ」

褒《ほ》めながら、後ろから突きあげる。

本心だった。結衣は、育てていけば、もっと淫らなセックスをするようになる。

しばらくは、小日向結衣に関わりたい。そして、もっと奔放で、もっと貪欲な女にしたい。

結衣はそれだけの資質に恵まれている。

つづけざまに打ち込むと、亮介も一気に追い込まれた。

射精への階段をあがりながら、思い切り叩きつけた。

「あんっ、あんっ、あんっ……ぁああああ、ぁああああ……ウソみたい。わたし、また、イキます……イク、イク、イッちゃう!」

結衣の背中が小刻みに震えはじめた。

「いいんだよ。俺も……」

「ああ、ちょうだい。ください……あんっ、あんっ、あんっ……イキます。いやぁあああぁぁぁぁ」

結衣が嬌声《きょうせい》を張りあげて、大きくのけぞった。

両手を後ろに引かれた姿勢で、がくん、がくんと腰を前後に打ち振る。

駄目押しとばかりに深々と打ち込んだとき、亮介も放っていた。

脳天にツーンとくる放出の歓喜が、全身に響きわたる。

射精している間も、結衣は壊れた操《あやつ》り人形みたいに、がくん、がくんと裸身を躍らせる。

放ち終えて、腕を片方ずつ放すと、結衣はシーツにうつ伏せになって、微塵《みじん》も動かなかった。

第六章　禁断の愛棒交換

1

三カ月後、愛川亮介は愛車の助手席に小日向結衣を乗せて、福島のY温泉郷にあるI旅館に向かっていた。

二階堂初音が若女将《わかおかみ》をしている温泉旅館だ。以前、妻に家を追い出された亮介が逗留《とうりゅう》して、小説を書き、同時に、初音を抱いた宿である。

なぜ、結衣とともにその旅館に向かっているかというと——。

高山祭のあと、亮介はわざわざ静岡まで出かけて、何度も彼女を抱いた。東京には因縁《いんねん》のある教え子の伊勢昭太がいるので、結衣が上京を避けているからだ。交通費もホテル代も馬鹿にならない。だが、それでも結衣を抱きたかった。

抱けば抱くほどに、結衣はどんどん素質を開花させて、淫《みだ》らに、奔放《ほんぽう》になっていった。

セックスに埋没している間だけ、二人の男から受けた心身の傷を忘れることができるのだと言っていた。しかし、このようにして、順調に結衣が回復していけば、早晩、亮介は用無しとなるかもしれない——。

そうなれば、それでいい。

結衣が失恋の痛手を引きずったまま、生徒の童貞を卒業させ、その生徒にストーカーされたという過去を、セックスに埋没して忘れられるなら、亮介は喜んで協力する。

いや、そんなのはきれいごとだ。

率直に言って、亮介は今、結衣に夢中になっている。どうしたら、結衣と昂揚した情事を交わすことができるか、それだけを考えていた。

そんなとき、編集者の伊能とスナック『春』で打ち合わせをした。二階堂波瑠がママをしている店である。

伊能は亮介より七歳年下の三十八歳で、亮介の担当編集者である。

官能系の編集者としては若いが、怖いもの知らずで、ずけずけとものを言う。

伊能にこう言われた。

『このシリーズ、先生には珍しく評判がいいですよ』

むかついたが、事実だからしようがない。

『まあ、今回はモデルがいるからな。それだけ、リアリティがあるんだろう』

『どうです、いっそのこと私小説と銘打ったら……檀一雄《だんかずお》の『火宅《かたく》の人《ひと》』ですよ。あそこまでいけば、格好いいじゃないですか？』

そう言われて、真っ先に頭に浮かんだのは、映画での緒方拳《おがたけん》と松坂慶子《まつざかけいこ》の濡れ場だった。あのときの松坂慶子は抜群にエロかった。だが、自分は絶対にあんなことはできない。

『いやいやいや、とても無理だよ。俺はあんなに自分の人生に正面から向き合っていないから』

『まあ、そうですね』

伊能はあっさりと案を引っ込めた。

『……で、最終回なんですが、何か構想はおありですか？』

『悩んでいるんだ。ただ、第五話の女教師の話を、もっと深めたいんだけどね』

『いいじゃないですか？』

『いいか？』

『はい……あれも、先生が実際につきあっている女性で、つまりは半分、私小説ですよね？』

『まあ、そうだ』

『じゃあ、実際に何か発展的なことを仕掛けて、それを小説にすればいいと思いますが……』

『伊能もそう思うか？』

『はい、思います……それと、短編を六つ集めてもつまらないので、ラストの六章で、これまで書いてきた登場人物とコラボさせるっていうのは、どうでしょうか？』

『六章では、あの女教師の続編を書きたかったから、ちょうどいいかもしれない。誰とからませるかだな？』

『そこは、先生にお任せしますよ』

伊能が言った。

『わかった。考えておくよ。何か、ちょっと構想が進んだ気がするよ』

『それが、編集者の役目じゃないですか』

話が一段落したところで、波瑠ママが亮介の隣に座った。

伊能は、ママ目当てで『春』に来ているようなもので、急にもじもじしはじめた。

そんな純情な伊能を微笑《ほほえ》ましく感じながら、ママにI旅館のお兄さんと初音の近況を訊《き》いた。すると、ママは耳元でこう囁《ささや》いた。

『兄が、効果が薄れてきたから、うちに泊まりにきてくれるように、先生によく言っておいてくれと……ネトラレの興奮って、段々と薄れるもんなんですか？』

『そうですね。時間の経過とともに、思い出せなくなる。だから、きっと……』

亮介は耳うちした。

『初音さんを俺に抱いてほしいんですよ。そうしたら、また記憶が新しくなって、燃えるんです』

ママが何度もうなずいたとき、これだ、と思った。

（ひとりで行っても、同じことの繰り返しだ。だったら、結衣と一緒に行けばいいじゃないか。結衣を巻き込めば、面白い変化が起こるかもしれない……）

亮介は急に目の前の霧が晴れた気がした。

その二週間後、結衣を助手席に乗せて、福島のY温泉郷に向かった。

高速道路を走り、あと一時間ほどで到着というところで、結衣に言った。

「長かったね。あと一時間くらいで着くから」

「愉しみだわ。二人での旅行は、高山祭以来ですもの」

「今回は温泉宿だしね」

「それに、二泊三日だから、ゆっくりできますね」

「ああ。もともと湯治場だったところだから、いいお湯だよ。疲れも、ストレスも取れる」

「亮介さんのお知り合いだという、若女将やご主人にも逢いたいわ。執筆のために一週間ぐらいいたんでしょ？」

サマーニットを着て、白い膝丈《ひざたけ》のフレアスカートを穿《は》いた結衣は、このところの亮介との情事で、美しさにいっそう磨きがかかった。いいセックスをしているときの女性は光り輝いている。この時期につきあえる男は幸せ者だ。

「……切羽詰《せっぱつ》まっていたときに、随分とお世話になった宿なんだ。向こうも、きみには興味を持っているみたいだよ」

「事情は全部、話したんですか？」

「いや、ただ、きみが教師で今、休職中であることは伝えてある」

「そうですか……」

「まあ、仲良くやっていこう。今夜は、うちらと呑《の》みたいと言っているしね。友人みたいなものだから、硬くならないで、リラックスすればいいよ」

「わかりました」

「もう少し、着くまで時間がある。よかったら、これで遊ばないか？」

亮介が取り出したのは、ピンクローターだ。

結衣が教師になりたてで、恋人がいなくて寂しいときは、よくピンクローターで自分を慰めていたとピロートークで聞いていた。

『あれをクリに当てると、すぐにイッてしまうんです』

と、話していた。それを今日のドライブのために用意してきた。

「えっ、見つかっちゃいますよ」

「スカートで隠せば、わからないよ。そもそも、高速で走っているんだから、ほとんど見えない。頼む。助手席で昇りつめていく結衣を見たいんだ」

亮介は前を見て運転しながら、ローターを渡した。

文字通りピンクの卵形で、リモコンから線が伸びているスタンダードなものだ。

「気を取られて、事故らないでくださいね」

「大丈夫。いざとなったら、車を路肩に寄せて停めるから」

「もう、ほんとうにエッチなんだから……」

プーッと頬《ほお》をふくらませながらも、結衣はリモコンのスイッチを入れた。ピンクローターが振動し、ビーッと唸りだし、それを結衣が膝丈のフレアスカートをめくって、白いパンティの基底部に上から押しつけた。それから、スカートの裾《すそ》をおろして、見えなくする。

「あっ、いやっ……これ、振動が強い……」

結衣は右手でローターをパンティ越しにクリトリスに当て、左手で強さを調節しながら、見られてもわからないように正面を向いている。亮介は左側の走行車線を速度を控えて走りながら、ちらっ、ちらっと隣を見る。

「ああっ、ああっ……」

結衣はヘッドレストに後頭部を押しつけるようにのけぞり、哀切《あいせつ》に喘《あえ》いだ。車の中だから、他人に聞かれる心配はない。

斜めにかかったシートベルトがサマーニットに包まれた胸のふくらみを強調していた。足が開いて、めくれたスカートから、白のパンティに押し当てられたピンクローターが見える。それはビーッと車内に響く音を立て、すごい速さで振動していることがわかる。

左右の足がいやらしい角度で開き、ローファーを履《は》いた足の先が内側に折り曲げられている。それとわかるほどに下腹部が持ちあがり、

「ぁああ……恥《は》ずかしいわ。わたし、もうイッちゃう……」

結衣がのけぞりながら、さしせまった声を出した。

「いいよ。イッていいよ。言いなさい。『小日向結衣は、車のなかでローターでイキます』って」

「はい……小日向結衣は車のなか……ローターでイキます。エ……エッチが好きなんです……ぁあああああ、イクぅ……！」

結衣はピーンと足を伸ばして、のけぞった。

ヘッドレストにセミロングのストレートヘアを散らして、顎《あご》をせりあげる。

それから、がくん、がくんと身体を揺らして、ぐったりと左側の窓とドアに凭《もた》れかかった。

いまだに振動するローターが、太腿《ふともも》から垂れている。

結衣の回復を待って、言った。

「結衣、ローターを膣《ちつ》のなかに入れなさい」

命じると、結衣がいやいやをするように首を振った。

「やりなさい」

ビシッと言う。冷たいわけでも、恐怖を与えようとしているわけでもない。ただ、踏ん切りがつかない結衣の背中を押しているだけだ。

こうやって、強く丁寧《ていねい》に言われたほうが、女性も、無理やりさせられているのだという自分自身への言い訳ができる。だが、心からいやがっているケースもあるから、そのへんは男性の観察眼次第だ。

三車線の左側を時速八十キロで走り、前方を注意しながら、ちらりと隣を見る。

結衣が足を大きく開き、ピンクローターを白いパンティの横から、奥へと入れ込むところだった。

ピンクの楕円形《だえんけい》の卵がぬるりと嵌《は》まり込んでいき、姿が見えなくなると、振動音もほぼ聞こえなくなった。漆黒《しっこく》の翳《かげ》りから、ローターとリモコンを結ぶ線が見えている。

結衣はスカートで下腹部と太腿を隠し、うつむいて押し黙った。

「振動が気持ちいいだろ？」

「はい……ぁあああ、子宮に響いてくる」

「挿入《そうにゅう》したまま、旅館に行こう。ローターを咥《くわ》え込んだまま、若女将とご主人に逢おう。できるね？」

結衣が頭を左右に振った。

「無理です……それに、音が聞こえてしまう」

「大丈夫だよ。強弱の調節ができるローターだから。弱にしておけば音は外には洩《も》れない。できるね？」

結衣が押し黙って、うつむいた。

しばらくじっとして、何かに耐えているようだったが、やがて、下腹部を右手でぎゅっと押さえた。

「無理です……おかしくなります」

「おかしくなっていいんだよ」

「でも……わたし、またイキそうで……」

「いいんだよ。何回イッても……」

「……外させてください。お願いします」

「ダメだ。イッていいんだよ」

「ぁああ、もう、もうダメっ……ああ、見ないでください。見ないで……」

すっきりした眉《まゆ》を八の字に折って、結衣はサマーニットの裏側へと左手を下からすべり込ませ、乳房を揉《も》みしだき、乳首を小刻《こきざ》みに弾《はじ》いた。

そうしながら、右手で下腹部を上から押さえつけ、左右の太腿をよじり合わせ、膝から下はハの字に開いている。

「ぁああ、ぁあああ、見ないで……」

結衣は、ヘッドレストに後頭部を擦《こす》りつけるようにしてのけぞり、乳房を荒々しく揉みしだき、ぎゅっと下腹部を押さえつける。

太腿がぶるぶる震えはじめて、その震えが徐々に全身にひろがっていった。そして、

「ぁあああ、来る……来ます……はうっ、あっ……いやぁあああああ！」

最後は絶叫して、ぐーんとのけぞり返った。

二度、三度と震えて、ぐったりして動かなくなった。

「いいよ、切って。つらいだろう」

言うと、結衣はリモコンのスイッチをオフにし、窓側のドアに凭れかかる。

「ローターはどうする、そのままでいいか？」

結衣はこくりとうなずいた。

「じゃあ、またしたくなったら、自分でスイッチを入れたらいい」

結衣はうなずいて、太腿をよじり合わせた。

2

宿に到着して、二階堂初音と健一の丁重《ていちょう》な出迎えを受け、二人は部屋へと通された。二人が丁重なのは、主人の健一がまた初音を亮介に抱かせて、それを盗み見したいからだろう。明らかに、その期待の表れだ。

案内されたのはこの前、波瑠が泊まった、旅館でいちばんの部屋で、庭には露天風呂もついている。

和服を着た初音は相変わらずきれいで、かわいい。あれから健一とのセックスが上手くいっていたせいなのか、それとも二十九歳という年齢のせいなのか、この前来たときと較べて、一段と色っぽくなった。

「旅館の仕事が終わってから、そうですね、夜の十時頃に四人で呑みたいですね。よろしいですか？」

健一が誘ってくる。

亮介は結衣と顔を見合わせる。結衣がうなずいたので、

「いいですよ、もちろん。お待ちしております」

亮介はそれを受ける。

二人が帰っていくと、結衣が抱きついてきた。

しがみついて、キスをしながら、スカートの下腹部を擦りつけてくる。さっき、車を降りたときから、またローターを動かしておいた。他人にはモーター音が聞こえないように、弱に調整してある。

「外してください。お願いします」

唇を離して、訴えてくる。

脱がせたパンティの基底部にはしとどな蜜が沁《し》みついて、ぬるぬるしていた。ローターを外すと、ピンクのローターの全面がそぼ濡れて、一部には白濁した蜜が付着している。

「ああん、我慢できない……」

結衣がズボン越しに亮介の股間をまさぐってきた。

「入れて欲しい？」

「はい……亮介さんのこれが欲しい」

「あげるから、覚えておいてほしい。さっき逢ったご主人の健一さんはネトラレの嗜好《しこう》があるんだ」

「ネトラレの嗜好って？」

「つまり、あのかわいい奥さんの初音さんが誰か他の男としているところを見て、すごく奮い立つんだ。だから……俺もそれらしきことはする。初音さんをかわいがる。愛撫をする。結衣はそれを見ても、怒らないでほしい。ご主人はそうしないと、勃起《ぼっき》しないんだ。わかってほしい。俺が愛しているのは、結衣、きみだけだ。どうなっても、それは変わらない。わかったね」

「正直言って、理解できません……だけど、亮介さんは官能作家です。作家として、いろいろなことを体験したいという気持ちはわかります。実際に、これまでも様々なことを体験なさってこられたんでしょ。だから、わたしは亮介さんが誰としようと嫉妬《しっと》はしません。そこは、わかっているつもりです」

「ありがとう……きみは最高の女だ。きみ以上の女はいない」

「わたしも感謝しています。わたしをどん底から引っ張りあげてくれた。亮介さんがいなかったら、いまだに落ち込んだままだと思います。だから……」

「ありがとう。俺もきみに出逢えてよかった。最高の出逢いだった……いいよ、

「そこに手を突いて腰を後ろに」

言われたとおり、結衣が窓の桟《さん》に両手を突いて、腰を突き出してくる。

亮介はズボンとブリーフを脱いで、真後ろにしゃがんだ。肉感的な尻たぶの底は陰毛にも蜜が付着するほどにそぼ濡れていて、内腿や、肉びらの狭間《はざま》もぬらぬらと妖《あや》しく光っている。

赤い粘膜を舌でなぞりあげると、

「ぁあああうぅぅ……」

結衣は抑えきれない声を長く伸ばして、がくん、がくんと痙攣《けいれん》する。舐《な》めただけで、絶頂に近い状態にまで達しているのだろう。

結局は、男も女も自分の性欲に素直になった者が勝つ。

みずからの苛烈《かれつ》な渇望《かつぼう》に押し流されていく女ほど、愛《いと》おしい存在はない。

亮介は立ちあがって、いきりたちを双臀《そうでん》の底に押し込んでいく。そこはすでにとろとろに蕩《とろ》けていて、締めつけながら、硬直にからみついてくる。

「ぁあああっ……！」

結衣が喜悦《きえつ》の声をあげて、桟をつかむ指に力を込め、顔を撥《は》ねあげた。

「くっ……！」

と、亮介も奥歯を食いしばる。そうしないと、たちまち精液を洩らしてしまいそうだ。

きっと、長い間、ローターの振動を受けて、内部に熱が籠《こ》もってしまったのだろう。なかはとろとろで熱い。

いつものように、三十秒ルールでじっとする。結衣もそれを守ろうとしていたが、二十秒ほどでこらえきれなくなったのか、自分から腰を振って、

「ああ、ゴメンなさい。ダメだってわかってるんだけど、どうしても我慢できない。身体が勝手に動いてしまう」

「じゃあ、そのまま腰を振りなさい。俺は動かないから」

「はい……」

そう答えて、結衣は腰を前後に振る。

自分で加減をして、大きく激しく振り、ゆっくりと揺する。

結衣の足がぶるぶる震えはじめた。

「ぁああ、イク……恥ずかしい。もう、イッちゃう！」

結衣がぎりぎりで訴えてくる。

「いいよ、自分だけでイキなさい。俺はじっとしてる」

「はい……ぁあああ、あんっ、あんっ、あんっ……ぁあああ、わたし、おかしいわ。亮介さんとつきあって、おかしくなった」

「おかしくなっていいんだよ。セックスはおかしくなるから、病み付きになるんだ。おかしくなってこそセックス。そうでなくちゃ、ほんとうの快楽はわからない」

そう説いて、つづけざまに叩きつけたとき、

「あんっ……あんっ……ぁあああ、わたし……ぁあああああ、イキますぅ！」

結衣は背中を大きくしならせて、操《あやつ》り人形の糸が切れたように、畳に倒れ込んだ。

その夜、健一と初音がやってきて、部屋で四人で呑んだ。

酔いがまわって、口がなめらかになったところで、健一が自分の性癖について、語りだした。

気づいたら、ネトラレ志向になっていた。原因はわからない。

最初にもらった嫁は、自分が彼女に他の男とのセックスを半ば強《し》いた形になって、それに呆《あき》れられて、離婚された。

落ち込んでしまい、自分を責めた。そんなときに、初音の父親の力添えで、彼女を後妻に娶《めと》った。自分にとってはもったいないような相手だった。

だが、やはりネトラレの妄想に取りつかれて、それができない苛立《いらだ》ちを初音にぶつけるようになった。このままではまた夫婦生活が破綻《はたん》してしまう、と危惧《きぐ》していたところに愛川さんが現れ、妻を抱いてくれた。それを隣室から覗いた。あれほど昂奮したのは、人生で初めてだった。あのすぐ後に、初音を抱いた。最高のセックスだった――。

「今も、愛川さんには感謝しています。ですが、記憶は薄れるものです。だから、できればもう一度……」

と、健一が言うと、

「でも、あなた、今回は結衣さんがいらっしゃるんだから、あなたの思いどおりにはいかないですよ。そうですよね、結衣さん？」

初音がフォローした。

「その件については、亮介さんからお聞きしています。じつは、わたしたちは単純な恋人同士というわけではないんです。亮介さんは既婚者なので、すでに不倫ですし……亮介さんを独占したいというわけではありませんから」

結衣が言って、初音も健一もエッという顔をした。

「亮介さんはわたしを救ってくれたんです」

「その話、聞かせてもらえますか？」

健一が身を乗り出してきた。

「いやになるような話ですよ。それでも、よければ……先ほど、ご主人の秘密をお聞きしたので……」

結衣は、自分の過去をぽつり、ぽつりと話しだした。

先輩の男性教師を尊敬し、相談に乗ってもらううちに恋愛に発展し、交際をはじめた。結婚まで考えるようになったとき、いきなり、彼が他の女性に走った。

それは政略結婚だった。

落ち込み、絶望しているとき、教え子にせまられて、身体を許してしまった。

彼は童貞で、その筆おろしをした。その彼が、一度セックスしたら、あとは受験勉強に邁進《まいしん》するという約束を破り、ストーカーのようになってしまった。彼は、今は東京の大学に通い、静岡に住む自分とはかなり離れた地にいるので、ストーカー行為は終わった。

けれども、その二つのアクシデントが原因で、とても教師をつづけられる精神状態ではなくなり、今は休職している。

どうしていいのかわからない暗闇にいたとき、亮介が手を差し伸べてくれた。高山祭を観に行って、その夜、抱かれた。その後も、恋人でいてくれている。もちろん、この状態がずっとつづくとは思っていない。しかし、今は亮介がいるから、精神の安定を保っていけるし、性的な面でも、随分と開発された。だから、彼が求めることは受け入れていきたい——。

結衣が話し終えたとき、真っ先に反応したのは、初音だった。結衣のもとに近づき、

「大変でしたね」

そう言って、結衣の手を両手で包み込んだ。

結衣が嗚咽《おえつ》して、それを初音が慰めた。

それを見て、亮介も泣きそうになった。

十二時近くになって、

「明日も早いですし、お二人の邪魔になるので、我々はそろそろ失礼いたします。今夜はとても有意義なお話ができました。ありがとうございました。では、ごゆっくりお過ごしください」

健一がそう言って、二人は部屋から出ていった。

3

翌日の午後十時、亮介は結衣とともに、貸切り風呂の半露天風呂に入った。

五、六人は余裕で入れる大きな御影石の浴槽につかる。

「そろそろ、お二人がいらっしゃる頃ですね」

結衣が肩にお湯をかけながら、言う。

「そうだね。そろそろ来るかな……」

寒さを抑えるために半露天風呂になっているが、一方は格子《こうし》と簾《すだれ》がかかっているだけ。今は簾をあげてあるから、十三夜《じゅうさんや》の月がよく見える。

夕食後に連絡が入った。午後十時から貸切り風呂が空いているから、四人で一緒に入らないかという誘いだった。

結衣に訊いたところ、『恥ずかしいけど、初音さんとは一緒に入りたい』という。それで、ＯＫと返事をした。

亮介は、隣にいる結衣の後ろに移って抱きしめ、乳房をつかんだ。乳首をかるく弾《はじ》くと、

「ダメっ……お二人が来たら、見られちゃう」

結衣が脱衣所のほうを気にして、言う。

「入ってきたら、気配でわかるさ。ほら、もう乳首が勃《た》ってきた」

「もう……ほんとうに、いけない作家さんね。あんっ……」

結衣は声をあげてしまい、あわてて口を押さえる。

まだ二人が来ていないことを確認し、右手を後ろにまわして、イチモツを触ってくる。

「もう、こんなにして……お二人が来たら、どうするの」

脱衣所のほうを気にしながら、結衣は後ろ手に握った肉棹《にくざお》をゆるゆるとしごく。亮介もお湯のなかで乳房を揉み、突起を捏《こ》ねる。

「ああ、はうぅ……ダメっ、欲しくなっちゃう」

結衣はのけぞりながら、次第に強くイチモツをしごいてくる。

お湯のなかで尻がくなり、くなりと揺れて、亮介を誘っている。

じつは、二人とはすでに話がついていた。

彼らは遅れてくるから、その間に亮介が結衣を愛撫し、その気にさせておく。

そこに、突然二人がやってくる。彼らは静かにドアを開け、脱衣して、ふいに風呂に入ってくる……そういう算段になっていた。

「こっちを向いて、またいでごらん」

「でも……」

「大丈夫だよ。脱衣所で気配がしたら、離れればいいんだから」

言い聞かせると、結衣が向かい合う形で、亮介の膝をまたいだ。

「入れてごらん」

「ダメよ」

「大丈夫だよ。すぐ抜けばいいんだから」

脱衣所のほうを一度見て、結衣がお湯に沈み込み、いきりたっているものを導いた。

屹立《きつりつ》が粘膜を押し広げていくと、

「あうぅっ……！」

結衣は顔をのけぞらせて、洩れかけた喘ぎを手で封じる。

「結衣の乳首が吸ってほしいって、尖《とが》ってるぞ」

亮介はそう言って、目の前で赤く色づく乳首に吸いついた。結衣はもともと乳首は強い性感帯である。

腰を押さえつけながら、乳首を断続的に吸った。

「あっ……あっ……いやいや……ダメだってば」

亮介は乳首を吐き出し、周囲と本体を舐め、舌で転がす。

「ぁああ、ダメっ……いやいや……ぁあああん、気持ちいいの」

結衣が肩につかまり、自分から腰を揺すりはじめた。

(そろそろ来ていいぞ。健一さん、初音さん、今だ)

心のなかで唱えたその直後に、脱衣所と風呂の境のドアが開いて、健一と初音が入ってきた。

健一はタオルで股間を隠し、初音も一糸《いっし》まとわぬ姿を、タオルを胸から垂らして隠している。

「あっ……ゴメンなさい」

二人を見た結衣が、なぜか謝って、亮介から離れようとする。

だが、亮介ががっちり押さえ込んで、放さない。

「どうぞ、かまいせんよ。わたしたちも、しますから」

そう言って、健一は初音とともに、亮介と結衣がまぐわっているそのすぐ傍《そば》で、お湯につかり、抱き合って、キスをはじめた。

「……亮介さん？」

結衣はどうしたらいいのかという顔で、亮介を見る。

「いいんですよ。じつは、あらかじめ、打ち合わせをしたんです。先にお風呂でエッチしているから、あとでこっそりと入ってきてくださいって」

「もう……！」

「こうでもしないと、なかなか一線を越えられないと思ったので……」

「わたしを信用してください。何でも言っていただければ、大丈夫ですから」

「……わかりました。結衣さんを信用します。では、つづきをしましょう」

亮介は結衣の乳房を揉みしだき、突起に吸いついた。

「うんっ……！」

思わず声をあげてしまい、結衣は唇を噛《か》む。

「いいんですよ。喘いでも……」

亮介はまた乳首を舐め転がして、チューッと吸った。

「ぁあああああ……！」

結衣は抑えきれない喘ぎを洩らして、のけぞった。

亮介が乳首を舐めしゃぶりながら、腰をつかんで動かしてやると、

「ぁああ、ダメです……恥ずかしい。ぁあああ、ぁあああ、いやいや……」

結衣は口ではそう言いながらも、お湯のなかでくいっ、くいっと鋭角に腰を振った。そうやって、いきりたちを粘膜に擦りつけ、

「ぁああ、わたし、どうして……」

と、泣いているような声で言って、唇を嚙む。

徐々に腰振りが激しく、大きくなっていき、透明な単純泉の湯面がちゃぷ、ちゃぷと波打った。

相変わらず、膣は狭くて、締めつけが強い。昂《たかぶ》っているときの常で、色白の肌のところどころが鮮やかな桜色に染まっている。

そして、すぐ隣では、立ちあがった初音の繁茂した翳りの底を、健一が姿勢を低くしてクンニしていた。

「ぁああ、いいんです。舐められると、欲しくなる……ぁあああ、ください。我慢できない」

初音が挿入をせがむ。

だが、肝心のイチモツが思うに任せないようで、立ちあがった健一の肉柱を、初音が頰張《ほおば》る。しかし、どうしてもエレクトしないようだった。

「悪い……無理みたいだ」

健一が落胆の声をあげて、初音が言った。

「結衣さん、ゴメンなさい。うちの人のあれがどうしても勃たないんです。ほんとうに申し訳ないんですが、先生を少しだけお借りできないでしょうか？」

結衣はためらっていたが、健一の現状を考えると、無下《むげ》に断るわけにもいかないと思ったのだろう。

「わかりました」

結衣が結合を外して、亮介から離れた。

亮介が湯船の縁《へり》に座ると、猛《たけ》りたつイチモツを初音が握って、ゆっくりとしごきだす。

ちらりと亮介を見あげてから、茜色《あかねいろ》にテカる亀頭部《きとうぶ》にチュッ、チュッとキスをする。キスを浴びせながら、視界に入るところでじっと彼女を凝視している健一のほうを見た。

健一が上気した顔でうなずき、みずからの肉棹をしごきだした。

それを見て、初音はいっそう情熱的にキスを浴びせ、裏すじに沿って、睾丸《こうがん》から舐めあげてくる。ツーッ、ツーッと何度も舐めあげ、上から頬張ってきた。

亮介を蠱惑的《こわくてき》な目で見あげながら、途中までのストロークを繰り返す。

右手で睾丸をやわやわとあやし、口だけで、大きく激しく上下動させる。

黒髪がアップで結ばれて、生え際の色っぽいうなじが見えている。

以前もフェラチオは上手かったが、さらに上達したように感じる。舌がよく動く。ねっとりと裏側を舐めあげ、からみながら、左右に動く。

「ああ、気持ちいいよ、初音さん」

意識的に言葉にすると、健一の表情に嫉妬の色がありありと浮かぶ。そして、結衣の顔にも、傷ついたような表情が見えた。

やはり、結衣も多くの女性と同じで、男を独り占めしたいという欲望があるのだろう。だから、嫉妬する。

今なら、その嫉妬心を糧《かて》とできるかもしれない。

「結衣さん、ご主人のものを口でしてあげてください。奥さんの初音さんが俺のをしゃぶってくれているんだから、きみも……」

そう言っても、結衣はためらっている。

「さっき、結衣さんは自分を信用してくれ、何でも言ってくれと言った。でも、やはり無理なのかな？」

言うと、結衣はそれは違うとでもいうように、首を左右に振った。

そして、湯船の縁に座っている健一の前にしゃがんだ。

「悪いね。いやなら、無理しなくていいんですよ」

健一が言って、

「いえ、大丈夫です」

結衣はきりっとして言い、逡巡《しゅんじゅん》を振り切るように、勃起しつつある肉柱に触れた。途端にパッと離して、亮介を見た。

亮介がうなずくと、結衣はもう一度屹立をおずおずと握りしめた。それから、静かに指をすべらせる。

女教師の結衣が、自分のために他の男の男性器を指でしごいている。その姿に、感銘を受けた。そして、結衣が健一の肉柱をそっと頬張ったとき、亮介のイチモツもぐんと頭を振った。

嫉妬、怒り、昂奮――。

(そうか、やはり、俺にもネトラレ願望の気《け》があるんだな)

結衣は最初はおずおずと唇をすべらせていたが、それがギンとしてくると、自分も昂るのか、次第に情熱的に顔を振りはじめた。

「うん、うん、うんっ……」

くぐもった声を洩らして、肉柱の根元を握りしごく。

時々、ちらりと亮介を見あげる。目が合うと、怖いくらいに亮介をにらみつけてくる。

おそらく、こんなことをさせる亮介を恨んでいるだろう。だが、その恨みを、自分が健一の男性器を思い切りしゃぶることで、晴らそうとしている——。

亮介にはそんなふうに思えた。

そして、初音もさらに苛烈さを増したフェラチオをする。

頰張ったまま、ジュルルとわざと唾音を立てて啜《すす》り、ちゅっぱっと吐き出す。

それから、顔を傾けて、フルートを吹くように側面を啜り、亀頭冠《きとうかん》をぐるっと舐めまわす。

それが目に入ったのか、隣では結衣が、初音がしていることを真似て、唾音を立てて吐き出し、フルートし、亀頭冠を舐める。

「ああ、気持ちいいよ。ありがとう、結衣さん」

健一は礼を言っていたが、やがて、亮介にリクエストをしてきた。

「先生、少しでもいいから、初音に嵌めてやってください。頼みます……結衣さん、ゴメンなさいね。そうしないと、私は心底昂奮しないんだ。頼みます。少しの間、目を瞑《つぶ》っていてください」

「わかりました。大丈夫です」

健一のイチモツを吐き出して、結衣が答えた。

亮介は立ちあがって、湯船の縁につかまっている初音の腰を後ろに引き寄せた。それから、猛りたつものを静かに埋め込んでいく。

怒張《どちょう》しきった肉棹が、熱く滾《たぎ》った肉路を押し広げていって、

「ぁあああ……！」

初音が甘美な喘ぎを長く伸ばした。

まったりとからみついてくる粘膜を押し込むようにして、亮介は打ち込んでいく。

「あん、あんっ……！」

初音の喘ぎが響き、それを聞いた健一の目がぎらぎらしてきた。

「初音は、ほんとうにセックスが好きなんだな。感じるんだろう？」

「はい……感じます」

「亭主相手でなくても、感じるんだな？」

「はい……ゴメンなさい」

「いいぞ、もっと感じて……お前がイクところを見たい。そうら、こうすると初音はイクんだったな」

健一は初音の身体の下に潜り込むようにして、乳房をつかみ、その突起に吸いついた。

初音が乳首を吸われながら、肉棹で激しく突かれると、イクというのを知っているのだ。

健一に乳首を吸われて、初音の様子が一気にさしせまってきた。

「ぁあああ、いい……ぁあああ、イキそう。それ、いい……イキます。イッていいですか？」

「いいぞ。イキなさい」

夫に許可された初音が、

「あんっ、あんっ、あんっ……」

と、華やいだ声をあげる。

亮介もここは一気にイカせようと、腰をつかみ寄せながら、猛烈に腰を叩きつけた。

「ぁあああ、イキます……イク、イク、イッちゃう……いやぁあああああぁぁぁぁぁ、くふっ！」

　初音がのけぞりながら、躍りあがった。

　ぐったりした初音から、亮介は離れる。

　すると、健一が初音の耳元で何か囁いた。

　初音はうなずいて、立っている健一の肉棹を頬張りはじめた。それが完全勃起すると、初音は湯船の縁に手を突いて、腰を突き出した。

　健一が猛りたつものを打ち込んでいき、

「おおぅ、入ったぞ！」

　歓喜の声をあげる。

　そして、後ろからの立位で、遮二無二《しゃにむに》腰をつかう。

　その光景を見ていた結衣が亮介のもとにやってきて、さっきまで初音の体内におさまっていた肉柱をお湯で洗う。

「これですっかりきれいになったわ……亮介さん、これを結衣にちょうだい」

　そうおねだりする目が小悪魔のようで、これまでの結衣とは違っていた。

　結衣は、初音が後ろから貫《つらぬ》かれているそのすぐ隣で、湯船の縁に両手を突いて、後ろに尻を突き出してきた。

亮介は猛りたつものを、結衣の体内に押し込んでいく。とても窮屈な肉路をこじ開けていき、

「ぁあああ……やっぱり、いい……亮介さんが好き」

結衣は半身になって、亮介を熱い目で見る。

「俺も、結衣が好きだよ……そうら、イカせてあげる。結衣は何度もイケるようになった。何度、イッてもいいんだよ。イッてくれれば、男はうれしいんだから」

そう言って、亮介は後ろから打ち込んだ。

くびれたウエストをつかみ寄せて、ずりゅっ、ずりゅっと大きな振り幅で打ち据《す》える。パチン、パチンと乾いた音が撥ねて、

「あんっ、あんっ、あんっ……ぁあああ、亮介、わたし、イク……イクよ」

半身になって、とろんとした目で亮介を見た。

「いいぞ。イキなさい」

亮介がたてつづけに腰をつかう。そのすぐ隣では、初音が後ろから健一に貫かれて、

「あんっ……ぁあああ……うれしいの。健一さんにしてもらって、うれしいの。健一さん、わたし、またイク……先生にイカされて、今度は健一さんにもイカされるの。わたし、ふしだらよね」

「違う。そうじゃない。きみは私に忠誠を尽くしてくれている。私が求めるから、初音は先生に抱かれる。それを、ふしだらとは言わない。いいんだ、それで。きみは最高の妻だ」

健一が腰を振り、

「あっ、あっ、あんっ……イキますぅ」

初音が色白の裸身を反《そ》らせて、がくん、がくんと躍りあがった。それを見て、亮介も結衣に向けて、渾身《こんしん》の力で深いストロークを叩き込んでいく。

「ぁあああ、亮介さん、イキます。イク、イク、イッちゃう……いやぁあああああぁぁぁぁ、はうっ！」

結衣は大きくのけぞって、嬌声《きようせい》を噴きあげた。それから、失神したようにお湯に身体を沈めていった。

4

温泉から出た四人は、旅館の敷地内に建つ二階堂夫婦の家に来ていた。木がふんだんに使われた古民家風の平屋造りだ。

そして、二間つづきの和室の片方の部屋に、二組の布団が敷いてあった。

一メートルほど離れた向こうの布団で、健一が初音への愛撫をはじめたのを見て、亮介もこちら側の布団に結衣を横たえて、まだ湯上がりの結衣のすべすべした肌を撫でさする。

さっき貸切り風呂で気を遣った結衣は、すでに性感が開いた状態で、どこに触れても、びくっ、びくっと反応する。

隣では、初音が浴衣を脱がされて、見事な裸身を晒《さら》している。脇腹や乳房を愛撫されて、ご主人に抱きついていく初音が愛おしい。

亮介も結衣の浴衣を脱がせる。

一糸まとわぬ結衣の裸身は、最近は適度に肉がついて、むっちりとしてきた。二十八歳になり、成熟する時期に差しかかっているのだろう。

先ほどの貸切り風呂での情事によって、二人の前で全裸になっても、結衣はもうさほど羞恥《しゅうち》は感じなくなったのだろう。

亮介のキスに応えて、舌をからめ、吸いながら、亮介の背中を抱き寄せ、足を腰にからめてくる。亮介の腰を足で引き寄せながら、自分でもぐいぐいと下腹部を擦りつけている。

こんなにセックスが好きになってしまうと、教師に復職したとき、男子生徒をオスとして見てしまうのではないかと、不安になった。

結衣が、教室でニキビ面の男子に後ろから犯されて、あんあん喘いでいる姿をついつい妄想してしまい、イチモツがますますいきりたつ。

すぐに怒張をしゃぶってほしくなって、シックスナインの形を取った。上になった結衣は、こちらに尻を向けながらも、亮介の肉柱を、もう待てないとでもいうように、頰張る。

根元を握り、先っぽをジュルルッと吸りあげる。いったん吐き出して、肉棹を握りしごいて、「ぁあああ」と甘い吐息《といき》を洩らす。

亮介は目の前の尻を押し広げて、肉割れを舐める。舌を這わせるにつれて、繊細な肉びらがひろがり、内部の赤みがあらわになる。

狭間を何度も舐め、肉芽《にくが》にちろちろと舌をからめると、

「うんんん……んっ、んっ、んっ」

結衣は一生懸命に肉の塔に唇を往復させていたが、やがて、しゃぶれなくなったのか、吐き出して、

「ぁああ、ダメっ……」

もどかしそうに尻を揺すって、恥肉を擦りつけてくる。

「入れてほしいんだね」

「はい……これが欲しい！」

結衣が肉柱を激しく握りしごいた。

「二人の前だよ、いいのか？」

結衣はちらりと隣の二人を見て、うなずく。

隣では、同じように初音が上になって、シックスナインの形で、健一のイチモツを啜るようにして、しゃぶっている。

亮介は結衣を白いシーツに仰向《あおむ》けにさせて、両膝をすくいあげた。三角形に密生する翳りの底で咲く濡れた花に、肉柱の切っ先を押しつけて、じっくりと進めていく。

「はうぅぅ……！」

結衣が顎を突きあげて、両手でシーツを鷲《わし》づかみにした。

窮屈で熱い粘膜が、ぎゅっ、ぎゅっと締めつけてくる。気のせいだろうか、いつもより食い締めが強いように感じる。やはり、見られているという意識が、締めつけを強くさせるのだろうか——。

亮介は両膝の裏をつかんで、押し広げながら、三十秒ルールを守った。それから、じっくりと仕留めにかかる。

スローピッチで打ち込んでいくと、結衣はもうどうしていいのかわからないといった様子で、

「あんっ……あんっ……ぁあああ、すごいの。響いてくる……蕩けていく。わたし、蕩けていく……」

結衣がうっとりとして言う。上半身の肌も桜色に上気し、M字に開いた足がいやらしい。

そのとき、健一と初音が近づいてきた。

「結衣さんが好きです。あの話を聞いて、応援したくなりました。あの、キスしていいですか？」

初音が訊くと、

「いいですよ。わたしも初音さんのこと、好きですから」

結衣が答えた。

「では、私も結衣さんの身体を愛撫しても、よろしいですか。いや、おいやなら言ってください。指一本も触れません」

健一が謙遜《けんそん》した言い方をして、

「かまいませんよ。ご主人の一途《いちず》さもわかっているつもりです」

「ありがとうございます」

健一がお礼を言って、向かって右側から、結衣の乳房にしゃぶりついた。形のいいDカップの乳房をぐいと揉まれ、乳首に吸いつかれて、

「あんっ……！」

結衣は顔をのけぞらせる。健一につづけざまに乳首を舐められ、吸われて、

「ぁあああうぅぅ」

と、結衣が喘いだ。

「気持ちいいんだね、健一さんに乳首を吸われて気持ちいいんだね？」

亮介が訊ねると、

「はい……気持ちいい……」

結衣がうるうるした目を向けてくる。

その視線を遮《さえぎ》るように、初音が顔を寄せ、唇を合わせた。

かるくついばむようなキスが、徐々に激しくなり、ついに、二人はお互いを抱くようにして、女同士の濃厚な接吻をする。

それを見て、亮介は意識的にゆっくりとしたピッチで、結衣に怒張を打ち込んでいく。

切っ先が奥に届くと、

「うんっ……！」

結衣はくぐもった声を洩らす。それでも、二人はキスをやめない。それどころか、初音の指が伸びて、胸のふくらみを揉み、頂上の突起を転がしたり、弾いたりする。

「ぁあああ、もう、ダメっ」

結衣がキスをやめて、訴えてくる。

「……ぁあああ、いいの。おかしくなる。わたし、おかしい。ぁあああ、もう、もう、おかしい……ぁあああ、ぁあああああ……もっと、もっとください。亮介さん、奥まで欲しい！」

結衣が腰を揺すった。

そのとき、健一が立ちあがった。ぐるっとまわって、初音の後ろにしゃがみ、尻をつかみ寄せる。

這うようにして、結衣の乳首を吸っていた初音の腰を持ちあげて、猛りたつものを打ち込んでいく。

「はうん……！」

初音はのけぞりながら、甘い声を洩らした。

「初音、結衣さんとキスをつづけるんだよ。やめてはダメだよ」

「はい……」

初音は夫に後ろから突かれて、「あ、あんっ」と喘いだ。

それから、結衣にキスをする。唇を重ねて、情熱的なキスを浴びせながら、健一にバックから犯されている。

そして、結衣も正面から、亮介に打ち込まれている。

四人がつながっている気がした。

二人の男がそれぞれの女を貫いている。そして、女たちはキスをして、口でつながっている。

　四人の気が流れて、それぞれの全身を満たす。女たちはその衝撃で乳房を躍らせながら、キスをつづけている。

　亮介と健一は激しく打ち込んでいく。

「うんっ……うっ……」

「ううっ、んっ、んっ……」

　二人の口からくぐもった声が洩れ、男二人は顔を見合わせた。

「先生、また初音を犯してもらえませんか？」

　健一が言う。

「いいですよ。結衣、いいね？」

　訊ねると、結衣はキスをしたまま、うなずいた。

　亮介は結衣との結合を外して、バックから初音を貫いた。

「ぁあああ……すごい。先生の硬い！」

　初音が言って、背中を弓なりにのけぞらせる。それを見て、亮介がたてつづけにえぐりたてると、

「あんっ、あんっ、あんっ……ぁああ、気持ちいい……先生にされると気持ちいい」

初音が言う。

その様子を見ていた健一が言った。

「結衣さん、あなたが欲しい。ひとつにつながりたい。私は今、気がへんになりそうだ。なのに、あれが苦しいくらいに勃起している。結衣さんはどうですか。先生がこんなことをして嫉妬しませんか、焼餅をやきませんか?」

「それは……嫉妬します。わたしも気がおかしくなりそうです」

「だったら、私たちも指を咥えて見ているのはバカらしいです。お願いです。一度でいいんです。結衣さんのあの話を聞いたとき、私は昂奮していました。同時に、結衣さんに深い愛情を覚えました。たんなる性欲ではないんです。お願いします」

健一が深々と頭をさげた。

少し考えてから、結衣が言った。

「わかりました。今夜だけなら……亮介さん、いいんですね?」

「俺はかまわない。むしろ、昂奮しているよ。ありがとう、結衣」

亮介は感極まっていた。

「初音さんもよろしいんですね?」

結衣が訊いて、

「はい……わたし、ほんとうは罪悪感があったんです。自分だけ、夫以外の男の人としているって……でも、それがなくなります。かまいません。いいえ、してください。わたしはむしろ、楽になります」

初音がそう答えた。

それを聞いて、健一は結衣の両膝をすくいあげた。亮介はその様子を、ゆっくりとバックから初音に打ち込みながら、見ている。

最初は何だか夢を見ているようだった。高山祭の夜から愛しつづけてきた女が、他の男のイチモツを受け入れようとしているのだ。

だが、健一が怒張しきったものを打ち込んで、

「うぁああっ……！」

と、結衣が両手でシーツをつかんだとき、戸惑いが歓喜に変わった。

下腹部から突きあげてくるようなこの峻烈《しゅんれつ》な昂奮——。確かに、これは倒錯している。しかし、倒錯している分、昂奮の瞬発力はすさまじかった。

(健一さん、もっと結衣を感じさせてくれ。俺がしているより、もっと……結衣はきっと、もっと淫らに乱れるはずだ。だが、俺にはその能力がない)

亮介はいつも、結衣はもっと感じるはず、身悶《みもだ》えして失神するほどに極められる女だと思っている。それを、他の男にやってもらえないかと期待しているのだ。

あるいは、結衣は好きでもない男とセックスしても感じてしまうふしだらな女、そう捉《とら》えて、自分が倒錯的な昂奮を覚えているのか――。

わからない。だが、原因解明などどうでもいい。とにかく、今、自分が高まっていることが大切なのだ。

見ると、健一は結衣の膝裏をつかんで開かせて、腰をつかいながらも、初音の様子をうかがっている。やはり健一も、自分の最愛の妻が他の男相手に感じて、燃えあがっていく様子を見てこそ、昂るのだ。

結衣は両膝をつかまれて、開いた状態で押さえつけられ、ズンッ、ズンッと強烈に突かれ、

「あんっ……あんっ……」

と、のけぞりながら、声をあげている。

焦れったくなった。結衣はもっと感じるはずだ。

「健一さん、胸を揉んであげてください。荒っぽくしたほうが、結衣は感じるん

です。初音さんと同じで、乳首が弱いんです。ぎゅうと捻《ひね》りあげてやってくださ
い。それに、ストロークしながら、クリトリスをいじってやると、簡単にイキま
す」

亮介が言うと、

「わかりました。そうさせていただきます」

健一は膝を放して、覆いかぶさるようにして、片手で乳房を荒々しく揉みしだ
いた。尖っているピンクの乳首をひと舐めすると、

「ぁああん……！」

結衣は嬌声をあげて、びくびくっと肢体《したい》を震わせた。

さらに、尖っている乳首をつまんで、捩《ね》じりあげると、

「はうぅぅ……許して」

結衣が悲鳴をあげる。結衣の「許して」は「もっとして」と同じだ。

ゆるくストロークしながら見守っていると、健一は唇を奪い、乳首を捏ねなが
ら、ずんっ、ずんっと、腰を打ち据える。

そして、結衣はキスされて、健一にしがみつきながら、足を腰にからめてい
る。結衣が感じているときの所作《しょさ》だった。

(クソッ、クソッ、クソッ……!)

焼けつくような嫉妬の炎が燃え盛り、気づいたときは、力を込めて、初音を突いていた。

片方の手をつかんで引き寄せながら、ずいっ、ずいっと腰を突き出す。すると、いきりたっている分身が子宮口にぶつかって、

「あんっ……あんっ……ぁあああああ、痺《しび》れる。奥が痺れる……ぁあああああ、突いてください。もっと奥を……わたしをメチャクチャにして。ぁあああああ、そう……あんっ、あんっ……あんっ」

初音が甲高《かんだか》く喘ぎ、両手でシーツを鷲づかみにした。

(ああ、これだった……!)

亮介も初めて初音を抱いたときを思い出していた。

右腕を後ろに出させて、しっかりと握り、引いた。そして、半身になった初音を、後ろから攻めたてていく。

「ああ、奥に当たっているの……あんっ、あんっ、あんっ……ぁああ、健一さん、わたし、イクよ。イッていいの？　先生にイカされていいの？」

初音が夫の健一に訊いた。

「いいんだ。先生ならいいんだ。私は初音がイクところを見たい。昂奮するんだ。頭がおかしくなるくらいに、昂奮するんだ」

「じゃあ、イクよ。ほんとうにイクよ」

「いいんだ。イクところを見せてくれ！」

健一の許しを得て、亮介はフィニッシュへと向かう。

両腕をつかみ、後ろに引っ張った。上半身を斜めになるまで持ちあげられた初音は、

「あんっ、あんっ、あんっ……」

正気を失ったように喘ぎ、顔を振りあげ、黒髪を乱す。

「そうら、イッていいよ」

亮介が思い切り深いところに叩き込んだとき、

「イク、イク、イキます……いやぁあああああぁぁぁぁ！」

初音はこれ以上は無理というところまでのけぞって、がくん、がくんと大きく上体と腰を前後に揺らした。

腕を片方ずつ放してやると、初音はどっと前に突っ伏していき、はぁはぁはぁと荒い息づかいで、腹這いになっている。

それを見て、健一の昂揚はマックスに達したようだった。

「おおぅ……！」

上体を立てた健一は唸りながら、加速度的に打ち込みのピッチをあげ、強く打ち込んだ。

「あんっ、あんっ、あんっ……」

結衣はつづけざまに喘ぎながらも、なかなかイケないようだった。そして、亮介はまだ放っていない。

亮介はとっさに前を向く形で、結衣の顔をまたぎ、いきりたちを結衣の口に押し込んだ。すると、結衣はいやがろうともせず、亮介の肉柱を頬張った。

初音の愛蜜が付着しているのを厭《いと》うこともせずに、頬が大きく凹《へこ》むまでイチモツを啜りあげる。

「どんどん結衣を好きになっていく。この気持ちは抑えられない。何があっても、俺は結衣を捨てるような真似は絶対にしない。だから、安心して身を任せてくれ。身をゆだねられる人がいることが、男も女も幸せにつながるんだ。いいね？」

結衣は頬張ったまま、大きくうなずいた。

亮介は腰をつかって、屹立を押し込んでいく。ジュブッ、ジュブッと泡立つ唾液を滲《にじ》ませながら、結衣は唇を窄《すぼ》めて、何かにすがるような目で見つめてくる。

「ぁああ、出そうだ。口のなかに出していいか？」

訊くと、結衣がうなずいた。

そのとき、後ろからぽんと肩を叩かれた。振り返ると、

「いいですよ。最後は、先生に代わります」

「いや、でも……」

「いいんです。初音が待っていますから」

そう言って、健一は結合を解いた。

そして、ぐったりしている初音に後ろから、怒張を打ち込んだ。

腹這いになって喘ぐ初音を後ろから抱きしめながら、健一は怒濤《どとう》のごとく腰を尻に叩きつける。

「あん、あんっ、あんっ……ああ、健一さん、好きです……あんっ、あんっ、あっ、またイキます」

その様子を見て、亮介も昂った。結衣の膝をすくいあげて、怒張を押し込んでいく。甘く滾った粘膜が包み込んできて、

「ぁあああ、亮介さん、これが欲しかった……ああ、亮介さん、好きです……イカせてください」

結衣が涙目で訴えてくる。

「よし、イカせてやる。俺もイク。出すよ、結衣のなかに出すぞ」

「ああ、欲しい。亮介さんのミルクが欲しい。出して……わたしのなかにください。ぁあああ、イク、イクよ。わたし、またイク……」

「いいぞ。俺もだ。俺も出す」

亮介は結衣の両足を肩にかけ、ぐっと前のめりになる。これだと、挿入が深くなり、攻められている感じが強まって、結衣は絶頂を迎えやすくなるはずだ。

「苦しいか？」

「はい……でも、気持ちいい。あなたの重さと力が、わたしをよみがえらせてくれる。ちょうだい。イクわ、イッちゃう……」

結衣が潤んだ目を向けてくる。

「よし、イクぞ。結衣、結衣、結衣！」

連続して名前を呼びながら、たてつづけに押し込んだとき、

「イク、イク、イキます……いやぁああああああぁぁぁ！」

結衣は絶叫して、のけぞり返った。

これが最後とばかりに深いところに打ち込み、亮介も放っていた。

ドクッ、ドクッとあふれでる男液が結衣のなかへと吸収されていき、放ち終えても、結衣と離れる気にはなれなかった。

※

半年後、亮介は静岡駅の新幹線乗り場の改札前にいた。

髪を短くした結衣が、亮介を見送りにきている。

今日、彼女のマンションでおそらく最後になるだろうセックスをした。その後に、連載した小説をまとめた、愛川亮介の新刊本を寄贈した。

頼まれて、一応サインをした。そして、こう言った。

『この本には、俺のきみへの気持ちが綴ってある。もちろん、フィクションにはしてあるけれども、俺のきみへの気持ちは変わらない』

結衣はうれしそうに本を受け取り、見つめ、そしてキスをしてきた。

亮介は複雑な気持ちでキスを受け止めた。

少し前に結衣から、沖縄の離島にある小学校へ赴任すると聞いていた。

結衣みずから、高校ではなく離島の小学校教諭を希望したのだという。

それを聞いて、結衣の考えていることがわかったような気がした。もし自分とつきあっていきたいなら、まず沖縄の離島は選ばないはずだ。

新幹線乗り場の改札の前で、亮介は結衣に言った。

「離島の先生、俺はいいと思う。最高だと思う。俺はいつもきみを全面的に応援する。だから、寂しくなったら、素直に言ってくれ。必ず飛んでいく……あと、俺はきみを縛るつもりはない。きみにはその島で新しい恋人を見つけてほしい。俺は結婚しているし、しょせん官能作家だ。きみには相応《ふさわ》しくない。これまで、ありがとう」

しなやかな身体を抱きしめると、結衣もぎゅっと抱き返してきた。

それから、耳元で囁いた。

「しばらく島で暮らしたら、きっと面白いネタができると思うの。そのときは、亮介さんを呼ぶわ。それを小説にしてね」

「ああ、そうしてくれ。だけど……あそこが寂しくなったら、いつでも俺に声をかけてくれ。わかったね?」

「はい、寂しくなったら、あなたを呼びます」

結衣は大きな、きらきらした目で見つめてくる。

「そろそろ時間だ。行くよ」

「最後に……」

結衣は亮介を強く抱きしめて、キスをする。かるいキスが、濃厚なディープキスに変わり、亮介の下腹部がギンとしてくると、結衣は公衆の面前で、ズボンの上から股間を情熱的に撫でてきた。

それから、キスをやめ、股間から手を離して、

「気をつけて帰ってくださいね」

結衣はチャーミングな笑みを残して、くるりと踵《きびす》を返した。

※この作品は双葉文庫のために書き下ろされたもので、完全なフィクションです。

双葉社の官能文庫が音声でも楽しめます。
〔全て聴くには会員登録が必要です。〕
←

双葉文庫

き-17-74

官能作家《かんのうさっか》が旅《たび》に出《で》たら

2025年4月12日　第1刷発行

【著者】
霧原一輝《きりはらかずき》

【発行者】
箕浦克史
【発行所】
株式会社双葉社
〒162-8540 東京都新宿区東五軒町3番28号
［電話］03-5261-4818(営業部)　03-5261-4831(編集部)
www.futabasha.co.jp(双葉社の書籍・コミックが買えます)
【印刷所】
中央精版印刷株式会社
【製本所】
中央精版印刷株式会社

【フォーマット・デザイン】
日下潤一

ISBN978-4-575-52840-4 C0193
Printed in Japan

霧原一輝　突然のモテ期
オリジナル長編
僥倖エロス
三十八歳の山田元就は転職を機に究極レベルでモテモテに。オナニーで鍛えた「曲がりマラ」で、いい女たちを次々トロけさせていく。

霧原一輝　旅は道連れ、夜は情け
書き下ろし長編
旅情エロス
雑貨屋を営む五十二歳の鶴岡倫太郎は仕入れのために訪れた京都、小樽で次々と美女もゲットする。雪の角館では未亡人としっぽり――。

霧原一輝　この歳でヒモ？
オリジナル長編
第二の人生エロス
五十路を迎えてリストラ同然に会社を辞めた岩木孝太郎は、退路を断ちプライドを捨てて女への奉仕に徹することを決めた。回春エロス。

霧原一輝　アイランド熱帯夜
書き下ろし長編
離島エロス
五十半ばの涼介は沖縄の離島で、三人の美女といい仲に。自由な性を謳歌できない狭い島で、旅行者は恰好のセックス相手なのだ――。

霧原一輝　夜も添乗員
オリジナル長編
旅情エロス
新米ツアコンの大熊悠平は、東尋坊の断崖で助けようとした女性と懇ろになったことを契機に準童貞からモテ男に。ついに憧れの先輩とも⁉

霧原一輝　いい女ご奉仕旅
書き下ろし長編
献身エロス
旅先で毎回美女と懇ろになる恐るべき中年、倫太郎。南のマドンナ女教師から北国の旅館若女将まで、相談に乗って体にも乗っちゃいます！

霧原一輝　美女刺客と窓ぎわ課長
書き下ろし長編
春のチン事エロス
田村課長52歳はリストラに応じる条件として「俺をイカせること」と人事部の美女たちに言い放つ。セックス刺客をS級遅漏で迎え撃つ！

霧原一輝　オジサマが好き♡
オリジナル長編
中年のモテ期エロス
「がっつかないところや舐め方が丁寧なのが好き！」体力的に止むに止まれぬスローセックスが逆に美点に！ あ〜、オジサンでよかった！

霧原一輝　鎌倉の書道家は未亡人
書き下ろし長編
長編やわ筆エロス
空港でのスーツケース取り違えがきっかけで美しすぎる未亡人書道家と出会った祐一郎は北陸の秘境宿でついに一筆入魂、カキ初めする！

霧原一輝　艶距離恋愛がいい！
遠くても会いにイク
長編エロス
姫路の未亡人から始まって大阪の元ヤントラッカー、名古屋の女将、福岡ではCAと、立て続けにベッドイン。距離に負けない肉体関係！

霧原一輝　追憶の美女
日本海篇
ヤリ残し解消
長編エロス
事故で重傷を負った康光は、走馬燈のように浮かんだ過去の女性たちを訪ねる旅に出る。意気地がないゆえ抱けなかった美女たちを。

霧原一輝　オジサマはイカせ屋
実践的
性コンサルタント
長編エロス
独り身のアラフィフ、吉増泰三は会社勤めの傍ら「実践的性コンサルタント」として日々悩める女性の性開発をする。若妻もOLも絶頂へ！

霧原一輝　淫らなクルーズ
10発6日の
乱倫長編エロス
憧れの美人課長に誘われたのは、ハプバー常連のクルーズ旅で、うぶな鉄平は二穴攻めの3Pなど、濃ゆいセックスにまみれるのであった。

霧原一輝　同窓会の天使
長年の想い成就
長編エロス
ずっとこの胸を揉みたかった！ 昔フラれた彰子と同窓会の流れで見事ベッドイン。今は未亡人の彰子と付き合うがモテ期が訪れて……。

著者	タイトル	サブタイトル	あらすじ
霧原一輝	海蛍と濡れたアソコの光る町	発情サインが見えちゃう長編エロス	春樹はある日海蛍が光る海で転倒。するとなぜか発情中の女性の下腹部が光って見える特殊能力が備わった。オクテな春樹も勇気ビンビン！
霧原一輝	桜の下で開く女たち	棒艶ズーム長編エロス	カメラマンの井上は撮影で桜前線を追いかけているが、各地で美女たちと巡り合い、ズームレンズだけでなく、股間も伸ばしてしまう。
霧原一輝	湯けむり若女将	跡取り息子の嫁探し長編エロス	実家の温泉旅館を継ぐ予定の芳彦に課せられた使命は「半年以内に若女将となる女性を射止めること」。そこからしっぽり7人とセックス！
霧原一輝	レトロ喫茶の淑女たち	昭和の「懐エロ」長編エロス	店内に昭和の名曲が流れると、恋した青春の記憶と股間がよみがえる！ 前期高齢者が若い女性相手に回春する「懐エロ」長編官能！
雨宮慶	美人上司とにわか雨	オリジナル官能短編集	芙美子は智彦にとって憧れの上司。にわか雨にあった二人が雨宿りしたのはたまたまラブホテルの前だった。中に入って、中にイレたい！
雨宮慶	未亡人の息遣い	オリジナル官能短編集	准教授である幸音はお固い。未亡人になった幸音を大学の同級生の沢崎がロックオン。強引な手で口説き落とすと幸音の意外な願望が……。
雨宮慶	人妻と嘘と童貞	オリジナル官能短編集	妻が若手従業員の童貞を奪い、ヨガりまくるのを覗いて社長の男は大興奮！ 旦那公認の背徳的な情事の裏側にある意外な真実とは？